好像听见父亲在风中说话

龙章辉 著

天津出版传媒集团

天津人民出版社

图书在版编目（CIP）数据

好像听见父亲在风中说话/龙章辉著. -- 天津：
天津人民出版社，2013.8（2015.5重印）
（散文中国精选）
ISBN 978-7-201-07868-7

Ⅰ.①好… Ⅱ.①龙… Ⅲ.①散文集-中国-当代
Ⅳ.①I267

中国版本图书馆 CIP 数据核字(2013)第 163811 号

天津人民出版社出版
出版人：黄　沛
（天津市西康路 35 号　邮政编码：300051）
邮购部电话：（022）23332469
网址：http://www.tjrmcbs.com
电子信箱：tjrmcbs@126.com
天津午阳印刷有限公司印刷　　新华书店经销

2013 年 8 月第 1 版　2015 年 5 月第 2 次印刷
700×960 毫米　16 开本　12 印张
字　数：120 千字
定　价：23.50 元

目录
Contents

目录
Contents

目录
Contents

目录
Contents

第一辑 时光的窃蜜者

时光的窃蜜者

　　快乐的时刻终于来临，我雀跃而出，随父亲走进越来越浓的夜色中。

　　上午，在田间劳作的父亲听到了一阵细微的嗡嗡声，仿佛还夹杂有羽翼搏动空气的声音。父亲抬起头，循声寻望，发现田边的刺蓬上有几只蜜蜂盘旋。那是一丛衍生了多年的刺蓬，嫩青的刺叶上，一茬小花刚刚绽蕾。几只蜜蜂就绕着那些花蕾，忽上忽下、忽左忽右地旋飞。

　　沉闷的空气顿时渗入了一丝甜蜜，劳作也变得轻快起来。

　　过了一会儿，父亲终于忍不住放下锄头，蹑手蹑脚地走近刺蓬。他在刺蓬下面又发现了另外几只蜜蜂；而且，他感到还有更多的蜜蜂正朝这边飞来。

　　怎么会有这么多蜜蜂呢？父亲屏息静气，顺着蜜蜂的踪迹慢慢寻去。

　　一个秘密赫然揭开——双江河边一处矮矮的柳杈上，无数蜜蜂拥抱成球，嗡嗡嗡嗡地窜动着。显然，这是一窝刚从外地迁来的蜜蜂，行踪未定，不知是要在此定住还是只作短暂停留。父亲抬起头，田野空旷而宁静，人们沉浸于耕作中，没有人注意到蜜蜂的不期而至。蜜蜂，这春天的使者，大自然的宠物，小小的躯体携带着生活中最美好的那一部分悄然出场。父亲幸运地成为其最早的目击者。片刻的惊喜后，他决定将这窝蜜蜂据为己有，长久地为生活酿蜜。

　　事不宜迟，父亲赶忙回家，准备蜂箱等物品，并谋划了一个详细的捕捉方案，让我夜里跟他一起去。于是有了开头那一幕。

　　初春的夜，乍暖还寒。许多声音还在大地里沉睡。我和父亲哆嗦着前行。

　　不要开手电。父亲说。我想，父亲大概是怕惊动什么吧。

父亲的诡秘神态让我有了一份做贼的感觉,尽管我们将要向大自然窃取的,是一份甜蜜的生活,不是罪恶。但满天的繁星仍然引起了我的忧虑,仿佛它们已然察觉到我们的秘密,早就在高天守候着,只待我们伸手,就会满天的喊将起来,将沉睡的大地喊醒;或者像电影院穹顶的灯光一样,骤然间使黑夜亮如白昼,让我们的行径暴露无遗。

　　总算摸到了双江河边。不要开手电!父亲又压低嗓门叮嘱我。他先将手里拿着的一件旧衣服蒙住头部,只露出两只眼睛,再戴上手套。而后指指柳树上的一团黑影:站远点儿,开手电,照着那儿。

　　桔黄的电光照射下,父亲慢慢凑近蜂球。也许是寒气逼袭,所有蜜蜂都停止了飞动,抱成一团取暖,丝毫也没有察觉到正在逼近的危险。

　　父亲伸出手,在蜂堆里细细地扒动……一只蜜蜂飞起来,又一只蜜蜂飞起来,扑向父亲……父亲便凝止不动,待蜂儿安静后再扒。这种做法其实很冒险,因为受惊的蜜蜂一旦发现我们的动机,就会疯狂地蜇咬。

　　父亲找到了一只长长的大大的蜜蜂——蜂王,他迅速将其塞进事先准备好的火柴盒里——这是捕捉蜜蜂的诀窍,只要捉住蜂王,山高水远,蜂群都会辗转寻来。

　　蜂球开始松散、躁动。父亲见状,忙喊:熄灯,快跑!

　　我没命地跑起来,耳边嗡嗡响,似有许多蜜蜂追来。

　　跌跌撞撞不知跑了多久,父亲在身后喊:好了,没事了。回头一看,并无蜜蜂追赶。满天星星安静地眨着眼,谁也没有作声。大自然无遮无拦,毫不设防,让我们进出自如,轻易地得手了。

　　第二天,几只蜜蜂找到我家仓楼的壁角,与关在蜂箱里的蜂王隔着铁丝窗对视,翘起翅膀爬动,而后又飞走了。不久,好大一群蜜蜂气势汹汹地朝我家飞来。它们在屋檐上下、窗户边到处翻飞,好像要寻找捉走蜂王的黑手。我们关门闭户,任其发泄。后来,大约以为找不到了,它们便不飞了,齐齐落在蜂箱上。聪明的蜜蜂很快找到了进入蜂箱的窄窄的入口(刚好可以爬进去,庞大的蜂王是出不来的),蓦然发现这里有一个现成的家园,便随遇而安,争先恐后地进进出出,与蜂王相聚。于是,万千只蜜蜂终于在我家安顿下来,开始了甜蜜的新生活。

春风渐渐暖了。五颜六色的花,大朵小朵地缀在大地上。而田野里的油菜花,却像一只只金黄的杯盏,盈满了阳光的美酒,盈盈的,眼看就要漾出来了。蜜蜂便开始忙碌起来。它们三五成群地飞出家门,栖落在油菜花上,一蹲就是老半天,那样沉醉,那样贪婪,仿佛要从一朵花里吸出一片大海来。

　　一只只蜜蜂在田野上飞来飞去,使春日的天空越来越浓艳欲滴,充满了下坠的危险——这种情景让父亲窃窃自喜,他有点儿微醉似的倒背着手,整日在田埂上游走。

　　哦,这个甜蜜的冒险家,时光的窃蜜者,我相信他的身体早已被蜜汁充满,简直就像一只蜜罐了。一整天一整天的,他不跟人说话,只微微地笑着,像一个守财奴那样。他担心一开口,紧揾在内心的甜蜜就会喷涌而出,哗哗哗哗地朝着四面八方流淌。

一滴水珠会不会飞起来

密匝匝一场雨，天地间被洗得发亮，满眼都是清澈透明的玲珑世界。成群结队的阳光，扛着风的扫帚在原野上奔跑，仿佛在进行雨后大扫除。土墙上，一溜东倒西歪的南瓜叶也从震悸中振作起来，开始舒筋展体，在阳光中摊开了绿绿的叶子。

一滴水珠牵住了我的目光——圆溜溜、亮晶晶的，静静地躺在一片宽阔的南瓜叶上，浑身闪着柔和的色泽。显然，这是暴雨撤退时掉了队的小雨点，片刻前，还和无数同伴一起，对身边的这南瓜叶进行疯狂践踏。此刻，精疲力竭的它全没了适才的狂暴，也没有身处险境的恐慌，只是温顺地躺在对手怀里，惬意地呼吸着雨后格外清新的空气和植物醉人的芳香。

阳光蜂拥而来，试图从各个角度，进入水珠内部，寻找暴雨的住址和去向。

阳光的努力似乎没有达到预期目的，它又被水珠从不同的方向折射回来了。无隙可乘的水珠以柔克刚，抵住了尖刀般的阳光，掩藏起那条通往暴雨之家的秘密途径。

令人诧异的是，面对这滴掉队的小水珠，饱经踩躏的瓜叶却仿佛被溶化了，竟然像一位母亲原谅自己的孩子一样，原谅了这滴水珠和它的同伴，显出了分外的柔情。我看见它紧绷的脉络渐渐松弛，叶面也更为平展，阳光映照下，如同一张和蔼的笑脸，释放着温馨和美好。这人世间也极难消解的仇怨，在自然界却被消解得如此迅速、简捷，宛如握手和一笑。其中，定然蕴藏着不为人知的密码。这密码，就掩映在水珠柔柔的光泽里，闪现在瓜叶明朗的脉络间。只不过我们被俗世所扰，对大自然长期忽略、视而不见罢了。

有风吹来了。风是从左边吹来的。风将瓜叶柔柔地翻卷，瓜叶止不住整个儿斜向另一边，瓜叶上的水珠便再也不能安稳了，尽管它使劲沾着叶面，却抑制不住身子慢慢地由圆变扁变细变长，朝瓜叶的边缘滑过去。眼看就要滑出去了，风却停了。风又从右边吹来了，瓜叶和水珠于是又朝另一个方向倾斜和滑动。风一会儿左一会儿右，不停地吹拂着。瓜叶上的水珠活脱脱摇篮里的孩子，被左右推搡着晃来晃去。我想，如果风大些、再大些，这滴水珠会不会借着风势扑地飞了起来呢？它原本就是雨的孩子，天空的精灵，风是它最可靠的归途。

我在紧挨着的另一片南瓜叶上，又发现了一滴小水珠。

我顺着瓜藤一路看下去，不断地有水珠映入眼帘……不仅在瓜叶上，门前的柚子树叶上、路旁的草叶上，到处都躺伏着明晃晃的小水珠，像一群群透明的蝴蝶，一有风吹草动，就会接二连三地振翼而起，凌空飞翔。

此刻，它们静静地栖息在大地上，对天空和飞翔的秘密守口如瓶。

草叶上，一阵风踮起脚尖

　　静静的河滩上，忽然冒出一阵风，齐刷刷地站在草叶嫩嫩的肩膀上，踮起脚尖，伸长脖子朝河对面望去———一道缀满新绿的坡岸挡住了视线。

　　这是一阵细细的风，来自远处的山林，轻柔、绵软，估计是乘波浪的小舟或者涟漪的筏子，从双江河上游漂下来的，静静悄悄的，似乎不愿惊动什么。

　　青草柔柔地弯下身来，一阵风细细的脚尖踩得它们肩膀发痒，想笑，却强忍着。它们害怕自己一笑，苞里的花儿就会尖叫着，一朵接一朵地提前跳出来，在河滩上四处乱跑。

　　一阵风在河滩上伸长脖子。一阵风的脖子有多长呢？会不会比长颈鹿的脖子还长？事实上是，当一阵风将脖子伸长到高过了对面的坡岸时，就很快缩回来，并且从草叶上扑通扑通跳下来，显然，它看见了什么，急着过河上坡，去看那边的景致了。

　　双江河奔腾到此，显得有些疲累，旋出一湾深潭躺下来，歇息了两丈来长后，才又奔腾着浅急的水流匆匆而去。浅水里，凸出一线跳岩，刚好可以踩着过河。一阵风撩起长裙，踮起脚尖，歪歪扭扭跑到跳岩前，一跳，一跳，再一跳……快要跳过河时，却重心不稳，"啪"的栽到河水里去了———许多浪花旋即跳起来，排成排，串成串，大笑着浮游而去。

　　走上坡岸，眼前敞开一片平展展的田野。正是春耕时节，田畦里新翻的泥土在阳光下散发出湿腥的味道。农民们挽起裤脚、捋出手臂，挥锄引灌、扬鞭吆牛，一派繁忙，对于一阵风的到来毫无察觉。

　　一阵风不甘寂寞，它走到田畦边的一棵歪脖子树跟前，摇摇树叶，扯扯树梢，试图弄出些声音，引起人们的注意。它的目的似乎没有达到，人们仍旧沉浸在劳作中，专注而沉迷。

一阵风停歇下来。它傍着树想：怎样才能引起人们的注意呢？

这时，它看见一个戴草帽、扛锄头的人朝这边走来。

有了！一阵风喜上眉梢。它一飘一忽地荡过去，将那个人戴在头上的草帽蓦地揭开——哈，居然是个秃头！

大瓢大瓢的阳光兀地浇在那个人的秃头上，他愣怔了好一会儿，才发现头上的草帽在空中飘飞。他丢下锄头，在纵横交错的田埂上迂回折转，跳跃着伸手去空中抓。偏偏那随了风的草帽，仿佛也沾染了风的习性，他伸出的手看看要抓到草帽的檐边了，一忽又高了许多，等到他气喘吁吁地歇歇脚时，草帽却一悠一悠地又下来了。静默的田垄里，人们发现了这一幕，草帽飘临处遂有人举手拦截。谁知草帽竟益发来了灵性，忽高忽低，忽东忽西，盈盈冉冉，飘摇逸漾。那个人气急败坏，被草帽高高低低地牵着扯着，不留神脚底腾空，"啪"的摔倒在水田里。于是，人们不再关注那只草帽了，一齐扯开嗓门喊：水牛恋塘喽——水牛恋塘喽——他泥水淋淋地挣扎着爬起来，在人们的哄笑声中竟也羞赧地笑了。

一阵风也在旁边窃窃地笑了，一阵风是多么顽皮啊！

忽然听到断断续续的喝骂声。一阵风诧异地踮起脚尖，循声望去。只见不远处，一个农民驱赶着一头不大的水牛在田里翻耕。由于那头牛总是勾头甩尾，磨磨蹭蹭，迟滞不前，惹得主人生气了。主人的赶牛枝在空中挥得呼呼响，喝骂声也越来越高亢。牛儿被打得疼痛时，便委屈地拽着犁狂奔一阵，而后又慢下来，勾头甩尾，用犄角往身上的某个部位蹭撞。

这里头肯定有问题！一阵风赶紧奔驰过去，在牛儿身上细细查看。很快，它就发现有一只硕大的牛蝇，死死地叮在牛儿的右腹部。这个位置恰巧是牛角和牛尾巴都够不着的。难耐的痒痛使牛儿异常烦躁，无心耕田，只顾勾头甩尾，去驱赶牛蝇。

你怎么这么粗心呢？一阵风想批评一下牛儿的主人，可它不懂人类的语言，没办法开口呀。无奈中，一阵风只得伸出双手去抓那只牛蝇。牛儿委屈的样子让它心痛万分，它决心要帮助牛儿摆脱牛蝇的叮

咬。可是,一阵风柔若无骨的手实在太没有力量了,任是怎样抓挠,也无法将牛蝇从牛儿身上拔出来。一阵风急得要哭了。幸而,牛儿的主人似乎也找到了牛儿停滞不前的原因。他停止了对牛儿的打骂,绕到那只牛蝇跟前,扬起手掌狠命地打下去——牛儿终于摆脱痛苦,抖擞着身子奋力前行了。一阵风高兴地骑到牛背上,轻抚着牛儿氤氲在热气中的须毛,一摇一晃地跟随牛儿一起,翻读着大地新的册页。

当当当——当当当——田野的另一端,乡村小学的钟声骤然敲响。

一阵风被这清脆的钟声吸引了。它在牛背上站起来,踮起脚尖,看见学校紧闭的教室门一间间地敞开了,五颜六色的孩子们哗啦哗啦地涌出来,像一条条清澈的溪水,在宽阔的操场上回旋。

一阵风迅即跳下来,轻轻盈盈地跑过去——它的长裙在田野上飘飞。

当当当——当当当——等一阵风快要跑到时,铃声又响了。这次是上课铃。刚才的喧闹骤然平息,孩子们列队进入教室。一扇扇敞开的门又次第关上了。

一阵风跑到一间教室,趴在窗户边往里看。它看见孩子们已全部坐到自己的座位上,等待老师开口说话。老师把夹在胳膊下的教案放到桌子上,微笑着面对孩子们。这时,教室里有人喊:起立。孩子们齐刷刷地站起来。老师摆摆手说:请坐下。孩子们又齐刷刷地坐下来。教室里很快响起琅琅书声。

一阵风在教室外站了许久。它怎么也不明白,孩子们为什么又要起立又要坐下。但它觉得起立与坐下挺好玩儿的。

起立——请坐下——它在心里反复模仿。起立——请坐下——说着说着,不觉就说出口了。起立——请坐下——一阵风惊异地发现,自己能开口说话了!它有点儿难以置信,小声地又说了几遍,然而的的确确是能说话了!

这是怎么回事呢?谁让一阵风开口说话了呢?一阵风看了看教室里正在大声朗读的老师和孩子们,好像明白了什么,又好像什么也不明白。然而不管怎样,一阵风是能开口说话了。

一阵风大喜，它转过身来，对着田野一声大喊：起立！

刷！刷！刷！地平线上，齐刷刷地站起了黄、绿、蓝三个方阵。

一阵风有点儿不敢相信自己的眼睛，它万万没有想到，自己随口一喊，就喊出了这么多色彩。它接着喊下一句：请坐下！然而，那么多色彩，就像一群不听话的孩子，愣愣地站在那儿，一动不动，谁也不肯先坐下来。

一阵风傻了，它无法判断自己做的这件事是好还是坏。它紧张地踩在草叶上，踮起脚尖，伸长脖子四下探望——目力所及，春光无边无际！

一阵风大惊失色！它不再说话，赶紧跑回了山林里。它原本就是大山的孩子，旷野的精灵。

一阵风压根儿也没有料到，由于它的参与，这场春天已经变得如火如荼。

稻芒上，蜻蜓成群结队

明亮的阳光，涂刷在这片刚吐穗的稻田上。青翠的稻田，一只蜻蜓贴着稻芒低低地飞。飞一会儿，停一会儿，而后再飞。停下来的时候，它喜欢站在一片平阔而舒展的禾叶上，鼓凸着大眼眺望远方。它的长而透明的羽翼，一忽竖上脊背，凝然静默；一忽欢快地鼓动，使阳光变得更加缭乱、更加耀眼。但很快，它又飞起来，高高地飞起来——快接近云霄时，兀地转身，对着稻田俯冲。一只蜻蜓在天地间大起大落，不断变换姿态，使栖在翅膀上的那座天空慢慢失去平衡，慢慢地倾斜，慢慢地，像一匹绸缎那样滑落下来。

就在蜻蜓忘情翩飞的时候，有一双眼睛盯上了它——那是一双少年的眼睛。蜻蜓在田野上的忘我飞翔缭乱了他的双眼。少年惊讶于蜻蜓强健的飞翔姿势和持久的飞翔力，与少年熟知的蚂蚱、布虫等迥异。蚂蚱飞翔时，一跳一跳的，蹩足又难看；布虫虽比蚂蚱飞得远，但笨重的身子仍然使得它像逃亡般在草丛中乱窜。而蜻蜓却让少年眼睛一亮，他蓦然发现驮载梦想的参照物，就是眼前的这只蜻蜓。

这是一位渴望飞翔的少年，有着健康的肤色，阳光般明亮的眼睛，以及稻穗般茁茁抽节的念头和幻想。你看他猫着腰，弓伏在田埂上。我们的少年在干什么呢？哦，他要把这只蜻蜓捉回家，养起来，朝夕相伴，临摹飞翔。

少年手里握着一只网兜。那是一只用铁丝和蜘蛛丝编成的网兜，鬼头鬼脑地探在稻茬上。少年在蜻蜓起落的那片稻田蹲守了很长时间，他已经摸清了蜻蜓起落的时间和规律，他知道在什么时间把网兜探出去能捕到蜻蜓。然而有好几次，蜻蜓快要触到网兜了，却迟疑着没有落下来。因此，少年只能耐心地守候着。

此前，少年用同样的方法，在双江河边捕到过一只蜻蜓。那只蜻蜓很大，雄头长躯，花翅斑斓，十分漂亮。少年很喜欢。不料，捕回家后，被家里的公鸡啄吃了。少年为此伤心了好几天，很长时间不理那只公鸡，甚至母亲让他给鸡喂食时，他都故意不撒给公鸡。当公鸡得不到食物，咯咯咯咯地在鸡群里钻来钻去，与别的鸡争食时，少年还会怒气冲冲地拿出响棒赶打。

后来，少年又到双江河去了一次。正巧碰上蜻蜓产卵，满河霞光中，一只只蜻蜓矫捷地点击着水面，一下一下地，起起落落，翩然翻飞。少年被"蜻蜓点水"的景致深深迷住了，全然忘记了来时的目的。

一个少年怀揣飞翔的梦想，去捕捉蜻蜓作为参照物，本来无可厚非。但是，他为什么不以岩鹰或鹞子作为参照物来模仿，而要选择昆虫类的蜻蜓呢？当然，对于少年而言，一切都不需要理由，他的满脸绒毛和稚气就是最好的理由。他想飞，像蜻蜓一样飞，在田野、河流的上空，高高低低地飞。他不想老是待在家里，老是在母亲的吆喝下切猪草、喂鸡食。但他也不想像岩鹰和鹞子那样远远地飞，因为他不想远到离开自己的家园，离开母亲。他只是想让母亲看到，他会飞，像蜻蜓一样飞，在家的周围飞，在不太远的地方飞。如果遇见暴风雨，还可以预先告诉母亲，把鸡鸭关好，把门窗关好，把晾在竹竿上的蓝天和好心情收好。不过这一切，还仅仅只是个梦。

按常规，蜻蜓是不轻易出现在稻田的，它们逐水而行，生息繁衍。这便构成了一种"偶然"，而这个"偶然"恰巧为少年创造了一种机缘，因为这片稻田离少年的家不远，他轻易就发现了翩临稻田的蜻蜓。

六月天，娃娃的脸，说变就变。就在少年酝酿梦想的时刻，天地间发生了细微的变化。

首先是，空气越来越沉闷，少年的额头渗出了细密的汗珠，但他并未觉出有什么异样。然而，少年却发现，田野上的蜻蜓忽然多了起来。由原来的一只变成了两只、三只、四只……而且还在不断增多。仿佛，一场不为少年所知的蓄谋正在悄悄进行。

少年有点吃惊，他揉揉眼睛，疑惑地想，莫非自己的行为被蜻蜓发现了？莫非蜻蜓嫌他侵入了领地，便调集了大批蜻蜓前来攻击？但少年并未这样确定，因为他从未听说过蜻蜓攻击人的事情。他仍旧握着网

兜,在田边守候。

蜻蜓的确是越来越多了。成群结队的蜻蜓在稻芒上穿梭、飞舞,使天空变得斑斓迷离。许多蜻蜓已经逼近少年身体的周围。它们肆无忌惮地狂舞着,如入无人之境。

天渐渐暗下来。沉闷的空气在四周缠绕,越来越稠。

少年感到有点喘不过气来,他握着网兜的手开始发颤,他的蜘蛛丝编织的网兜,在众多的蜻蜓面前显露出了虚弱。

少年从未在田野上看到过这么多蜻蜓。他想,一定是蜻蜓感到了他的威胁,有组织地预备反击了。少年后悔自己莽撞,居然与蜻蜓结下了这么大的怨。他感到那些雄头长躯的蜻蜓,鼓凸的眼睛犹如电光火石,在四周迸射……

天空越来越低、越来越暗。

而阳光,少年惊异地发现,阳光早已不知去向!

妈呀——少年丢下网兜,拔脚就跑。

轰——一个重雷在脚后跟炸响;啪——一道闪电在头顶狂舞;紧接着,密集的雨点噼里啪啦地砸下来。少年和他的梦想身陷重围,在田野上左冲右突,一路狂奔———整座天空鼓动羽翼,在他身后穷追不舍。

少年气喘吁吁地跑回家,惊魂稍定,忽地感觉到异样。他左顾右盼,发现阴暗的天地间早已亮堂起来了,门外的田野也已归于宁静,白花花的阳光又涂刷在稻田上,比先前更为耀眼;茸茸稻芒上,蜻蜓成群结队。刚才电闪雷鸣的一切,转瞬就消失了。就像一个梦,不期然来到又不经意地溜走了。少年诧异不已,日日厮守的田野竟如此变幻莫测,许多事情远在他的意料之外。

事实上是,这个明亮的夏日,一个少年听由梦想的牵引,一抬脚便深入到大自然腹地,见证了一场由蜻蜓策划的盛大集会。一个少年多有福啊!

骑自行车的少年

身后，铃声骤响。

一个少年蹬着自行车，风一般从我身边擦过。他回头冲我一笑，露出的满口白牙，如乌云中的电光一闪。他的身体前倾，近于匍匐，身上敞穿着一件蓝白相间的运动衣，被风鼓得高高的，愈远，愈像一面旗帜在飞。

忽然，他从踏板上站起来，像一名杂技演员那样站起来了。仿佛为了平衡，他挺起胸、朝身体两侧伸出手臂——他的旗帜飞得更高了。

前面要下一道缓坡，自行车依着路势，仍旧在飞驰。

我紧张地注视着他——设若他的身体失去平衡，设若自行车龙头跑偏……我不敢往下想。然而，他却更来神了：一会儿弓下身子猛蹬，一会儿呼地站起，一会儿又弓下身子猛蹬……不停地交替变换着。随心所欲，大开大合。他完全沉浸在自己的动作中，对身旁一掠而过的山林、田畦视而不见。他的高度自恋，会不会让那些含苞的花朵提前打开时间的大门？

他为何如此？是在表演吗？空旷的天地间，除我之外，并无其他观众。而我，仅是一名无关的过客。

一个少年把速度踩在脚下，向天空伸出手臂，这种姿势肯定与飞翔有关。当他伸出手臂时，肯定把内心的某种青翠也伸出去了。他伸出手臂，就是树木伸出了枝条，去获取葱茏和鸟鸣。

事情也许更简单些，一个少年超越了我，仅仅只为赶在我的前面，去享受速度带来的刺激和快乐。然而我看到，一个少年的速度，像一枚图钉那样简捷而迅猛，眨眼间就把春天钉在了辽阔的前方。

鸟 语

窗外,鸟语啁啁啾啾。

这是春天的某个早晨,牛乳般黏稠的晨光刚刚刷白我家纸糊的木格窗。但是柴屋里的火塘肯定已经被母亲用竹筒吹亮,炊烟肯定也已经在灰黑的屋脊上袅娜飘摇。

啁啁——啾啾——啾啾啾啾——

长长短短的鸟语在晨光里撒落,清脆而繁密。

鸟语是从我家门口那棵粗大的柚子树上传来的。听父亲说,这棵柚子树还是从爷爷手里种下的。树干高过了篱笆后,便开始伸枝展叶、层叠而上;数年后,竟当空遮出大圈浓荫,蓊蓊郁郁。炎夏酷暑,常有路人在树下乘凉,抽着呛人的叶子烟,望着浓荫外白花花的阳光发愣。柚子树长势虽好,结出的柚子却酸涩难咽。时间一长,父亲欲将其伐倒,另外再嫁接良木。斧头每每举起又放下。显然,父亲心里已有某种情结在纠缠。柚子树遂得以存活下来,成了远远近近的鸟儿穿梭来往的乐园。

啁啁——啾啾——啾啾啾——

叽叽——咕咕——咕咕咕——

鸟语如歌,亦如溪涧。鸟语从春天的枝头发源,潺潺流向我家门前的池塘和田埂,许多坚硬的事物旋即变得柔软。在春天,人们活得专注而忙碌,似乎无暇去理会鸟儿们自在的欢乐,一任晶莹的鸟语在遍野撒欢、蹦跳。天空沉静,大地悠远。鸟儿与我们,原本就是近邻,有着最简捷的相知与默契,无需言谈和语笑。

我常常看到这样一幅画面:

喔喔喔——喔喔———一只红嘴鸟好像有点儿生气,从柚子树浓密的枝叶间扑闪出来,一忽就旋上了横亘在空中的高压线。

喔喔喔—— 喔喔喔—— 一只灰翅鸟急急地跟着飞出来，也旋上了高压线。

灰翅鸟在离红嘴鸟不远的地方站了一会儿，便试探着一步步挪向红嘴鸟。快要靠近时，红嘴鸟扑地张开翅膀又飞到另一截高压线上去了。灰翅鸟也紧跟着腾身飞过去。两只鸟儿就这样赌着气，在春天的田野上空交替飞翔着，仿佛在丈量着春光的长度。

我是一个有点儿贪睡的孩子。唧唧啾啾的鸟语浇在眼睫上，使我的睡眠更加肥沃。小小的我竟然酣睡得像一小块沉沉的土地。然而，土地上的许多事物已经醒来了——草叶上，睁开了一只只露珠的眼睛；树林里，竖起了一只只绿绿的耳朵；田坎边、坡地上，抹开了大片大片的油彩。

终于，房门被母亲擂得咚咚响。

终于，我揉着眼睛，背着书包跑出了家门。

鸟语于是变得更加欢快。一群群色彩斑斓的鸟儿在我家的柚子树上嬉闹，或蹦，或跳，且开屏，且啄羽。空气中到处弥漫着温润的春天的味道。

我甩着书包一路奔跑，不敢回头，也不敢逗留。我害怕那些多嘴的鸟儿，轻易就会说出我昨夜的梦寐，并且在原野上四处传扬。

蛙 鸣

  我家门前,波涌着大片水田。春夏夜里,蛙鸣如织,环绕着我的家园。

  我们这里,把尚处于蝌蚪阶段的青蛙称为"央蚂子"。

  春寒转暖,干瘪的渠沟渐渐丰盈起来。渠沟两侧,衍开片片卵衣,随了渠水悠悠地飘。飘过几日后,卵衣里孵出了成群结队的央蚂子,摇头晃脑地逆水浮游,神态悠然自得,好像这片天地原本就是它们的。

  一水相生,与央蚂子共存渠中的还有渠水带来的小鱼、软土里的小鳅等等。

  暴雨过境,渠水泛滥,小鱼小鳅们在渠沟里欢蹦乱跳。此时,我和小伙伴们都急不可耐地披着雨具、拿着畚箕奔向田间,去捞那些小鱼小鳅。在捞到小鱼小鳅的同时,也捞上来许多央蚂子。我们便将在畚箕里翻滚的央蚂子放回沟里,将小鱼小鳅带回家。

  田畦里的禾苗由黄转青,高过了矮矮的田埂。渠沟里的小鱼便抽条发体,顺着窄窄的渠沟游向宽阔的双江河;小鳅也扭着越来越粗的身子,钻进了软软的春泥里;成群结队的央蚂子也不见了,全都披上碧绿的衣袄,蹦上田埂,四散在田野里。草丛中、禾苗旁,到处潜伏着一双双鼓凸而明亮的大眼睛。

  呱呱——呱呱——呱呱呱——

  夜幕降临,四下里升起了绵延不绝的蛙鸣。如鼓,如潮,拍击着村野的宁静。很多时候,我在夜阑人寂时披衣起床,呆坐在门槛上,听那蛙鸣如朵朵幽暗的夜之花,在原野上摇曳起伏。朦胧的月光轻雾般浮在大野上,沁凉的夜气中飘散着阵阵清香。蛙鸣忽近忽远,在月光里奔腾。大音嘈嘈,小音切切,在我的耳膜上弹奏着纯正的乡间音乐。我被这如织的天籁包裹着缠绕着,真切地感受到了自然的伟力和雄奇。

也有人不喜欢这遍野的蛙鸣，嫌蛙鸣搅了他沉迷的梦寐，便亮着手电，拿着蛇皮口袋去田野里捕捉。于是，一只只青蛙猝不及防，失足掉进了捕蛙人虎口般的袋子里。

四野渐渐沉寂下来。

我的父亲对这种田间地头的苟且之事极为愤慨，他背着手，怒气冲冲地在屋檐下走来走去，嘴里不停地嘟囔着。我理解父亲对青蛙的情感，在生产队当过三年植保员的他常常说，青蛙是稻田里最忠诚的卫士。终于，他停止了走动，转身跑出家门，大声斥骂着奔向那缕忽隐忽现的手电光。他定要去看看夜幕下的那张可恶的嘴脸，定要夺下那人手里的蛇皮口袋。然而，没等他走近，手电光就一晃一晃地逃往山那边去了。

梆梆梆——呱呱呱——蛙鼓重又敲响，蛙鸣重又密织。父亲心满意足地回到家里，倒头便睡。不一会儿，他的房间里就传来了轻雷般的鼾声，与屋外遍野的蛙声欢快地和鸣着。这样的夜晚，让我感到无比温润和踏实。

被蛙鸣环绕的童年，真好！

有一回，我和母亲从田间归来，不留神光脚丫惊起了一只卧在草丛里的青蛙，只见它纵身一跃，扑通跳进一丘水田里，一蹦一蹦地跳进了浓密的岁月深处。

钓　夏

　　初夏时节，一个陌生的钓鱼人出现在双江河边。天地间似乎多了些神秘色彩，因为，整个沙田村的人谁也不认识他。

　　他的装扮很朴素：天晴戴一顶旧斗笠，下雨披一件塑料衣，身上斜挎着鱼篓，哦，胸前还悬挂着一只装鱼饵的小盒子，随着身体的动作轻轻地晃。

　　他钓鱼的方法也很特别：别人都选宁静的水潭垂钓，钓线上设有浮漂作信号，人闲坐旁边注视动静，鱼儿咬钩了，浮漂自会抖动并没入水中（这种钓法要有耐心，我没有，因而，我不喜欢钓鱼！），他却在湍急的浪滩上划钓（又叫"划滩"）——将钓钩穿上鱼饵，抛进激流中，手握钓竿扯紧钓线不停地逆水划动，一忽忽甩起，一尾尾活蹦乱跳的条子鱼在空中划出一道道美丽的弧线后，落入了他沉默的鱼篓里……

　　如果不是他频繁的收获让人眼热，我想，我是绝不会对钓鱼产生兴趣的。

　　捕鱼的方法其实有很多：钓鱼、网鱼、罩鱼、伞鱼等等。很长时间，我热衷于罩鱼——黄昏时，我在浅水处垒一圈卵石，第二天清早，从家里扛来罩鸡用的竹笼，罩住那圈卵石，而后从竹笼顶部的孔眼里将卵石全部搬出，那些玩累后翔游进石缝里过夜的鱼儿便成了瓮中之鳖，任凭我一条条地抓捉了。

　　然而，我遭到了泥鳅的嘲笑。他说你这叫捉死鱼，没能耐的人才这样做。

　　泥鳅是我的好朋友。他很有些能耐！上山捉竹狸就是他的拿手绝活。竹狸又名竹鼠，猫一般大，生活在土洞里，它的食物是丛生的金竹。哪面山的金竹黄了，哪儿就有竹狸在活动。泥鳅带上我，扛着锄头往山上跑。他先找到竹狸进出的两个洞口，让我烧草，把烟吹进洞去，他则攥紧锄头在另一洞口守候。洞里的竹狸被烟一熏，昏头昏脑地赶紧往无烟的出口跑。就在竹狸出洞的一刹那,泥鳅一锄头下去,把竹狸砸晕了。竹狸肉香嫩可口,那段时光,我常常坐在泥鳅家的火塘边,手筷并用,满口生香。

除了捉竹狸,泥鳅捉鱼也一样得心应手。

泥鳅捉鱼的方式跟我不同,他水性好,常潜到深水里去摸鱼,不一会儿便"噗"地冒出来,口里衔一条,手里还抓两条,丢给我,又钻水里去了。好像他能嗅到鱼的气味,知道鱼藏在哪个石窟窿里似的。

我想,自己总要有些事能在泥鳅面前显一显,免得老被他嘲笑,老是屁颠屁颠地跟着他跑。钓鱼人的出现让我看到了机会!划滩,多好啊!新鲜刺激,简单易学,钓钩划动处,鱼儿一条接一条地追过来咬、咬……咬得我心头发痒。

于是,许多个晴明的早晨或黄昏,我背着书包往返经过双江河时,总要猫在草丛里观摩钓鱼人一阵。我自信已经掌握了划滩的技巧!

快乐的暑假终于来临。我去山里砍了一根小竹子,燃起枞膏火将竹子熏弯,再去供销社买来钓钩和钓线,扎在竹尖上,一根简易钓竿就算做成了。然后去畲里挖蚯蚓。我想,钓鱼人一定也是用蚯蚓做鱼饵的,虽然我没有近距离看过他的盒子。

这些工作全部完成后,我携着一应器具迫不及待地赶往双江河。

太阳刚刚偏西,光线仍然很烈,钓鱼人还没到来。我暗暗窃喜,兴冲冲走到他日日钓鱼的位置,手忙脚乱地将钓钩穿上蚯蚓,学着他的模样抛进激流中。

"咚——"我似乎听到了钓钩落水的声音。

当我兴奋地划动钓线时,问题出来了:钓线怎么也划不动!任我左划右划,前拨后拨,它硬是纹丝不动!我走到钓钩入水处,用手去探摸。原来,钓钩一落水便嵌进石缝里,随着水流越嵌越深。我只好翻开石块,将钓钩取出来,钓钩上的蚯蚓早已被河水冲脱了。

我以为这纯属意外,便重新将钓钩穿了蚯蚓,再次抛入激流中。

钓线终于能划动了。我大喜,抖着手连连划起来。一边划一边想:鱼儿呀,快快来咬钩吧。可是没几下,钓钩又嵌进石缝里。难道位置不对?我前后左右转了一圈,确定位置没错。这就奇怪了,明明是钓鱼人的位置，明明他能自如地划动，为何我就不行了呢？难道还有什么秘诀我没有掌握？

仿佛在跟谁比拼一样，整个下午，我不停地将钓钩甩来甩去，然而就是不能好好划动钓线，更别说钓到鱼了。我精疲力竭地瘫坐在河边的草地上——想不到看似容易的事，做起来却这么难。

太阳就要西沉，夕晖堆积在山岭上，将双江河映衬得流霞溢彩。霞光迷乱处，数不清的鱼儿跃出水面，争相撒欢。

钓鱼人来了。他瞥了一眼垂头丧气的我，以及丢弃一旁的钓竿、空空如也的鱼篓，微微一笑，什么话也不说，径直下河，穿钩甩钓地忙乎起来。也真是奇了，他一出现，便能使钓线抛挥如虹，使鱼儿在空中飘飘如月，与落霞长天相映成趣、浑然一体。我被他娴熟的钓技和眼前图画般的美景深深吸引了，竟然忘记了自己先前的笨拙与烦闷。

泥鳅知道了我划滩的事。当晚，他跑到我家。一见他，我就别扭起来，以为又要被取笑了。谁知他也早有学钓鱼人划滩的想法，并为我比他先走一步而欣羡不已。他说他也准备好了，明天跟我一起去钓。泥鳅说，我们不要去钓鱼人的地方钓，我们到上面的水潭里用老方法钓，看似互不相干，然而我们可以悄悄学他。我被他说得异常兴奋起来。

第二天，离钓鱼人不远的水潭边，探出了两根土头土脑的钓竿。钓竿挨得很近，好像在密谋着什么。哦，他是否知道？就在他划滩的时候，我们却在钓取他划滩的秘密呢！他一定不知道，否则不会常常将脸朝向我们这边，露出微笑了。每当他将脸转过来时，我们马上回过脸，装作什么也没看见。

泥鳅说：他的钓饵可能不是蚯蚓，要不，鱼儿怎么老咬他的，不咬我们的？

泥鳅说：他划滩很有节奏，该快时快，该慢时慢。

我问泥鳅：什么时候该快，什么时候该慢呢？

泥鳅拍拍脑门：我也不知道啊。

泥鳅说：你看，他又钓满一篓了，他要走了。

泥鳅说：我们怎么老是钓不到鱼呢？我们的鱼是不是都被他钓走了呢？

有一天,我们将钓竿摆了好半天,却始终不见钓鱼人来。而先前,他几乎每天都与我们同时到达。

我和泥鳅焦躁不安地在河滩上走来走去,不时朝他日日划滩的地方张望。

然而,他始终不来,他硬是不来了!

而且,接下来的日子,再也见不到他的踪影。

泥鳅说:他再也不来了呢,他钓走了我们的鱼!

我也说:是啊,他再也不来了,再也不来了!

"哎呀!"——泥鳅忽然一声大叫,两眼直直地盯着我,嘴巴嗫嚅着,似有话想说,却又不知如何说。

我懂泥鳅的意思,其实我也醒悟了:钓鱼人除了钓鱼,一定还在这里钓到了别的什么,怕被我们察觉,便像一个突然发迹的商人那样,怀揣秘密的财宝悄然而去,而我们事先却对此一无所知,我们是多么粗心哪!

懊恼间,泥鳅又一声大叫:快看,你的钓竿!

我闻声望去,只见浮漂剧烈地抖起来,很快就没入了水中,钓竿也开始往水面"嗤嗤"地移动。

我赶忙上前抓住钓竿,稳住身子用力往上扯——"哗啦"———尾活蹦乱跳的"夏天"被拽出水面。

公鸡跳到瓦背上

我家那只公鸡,咯咯哒哒地,什么时候跳到了倾斜的瓦背上?这么高的瓦背啊,它一定是从屋后的柴捆上跳过去的。

显然,它对这片领地很陌生,不断地低头又抬头,探视着脚下薄薄的槽瓦和盖瓦,以及它们之间奇妙而有序的搭配组合,虬曲的爪子小心翼翼地踩着瓦片往前探行。每走一步,都要迟疑一会儿,然后迈出第二步。

这只公鸡很大,笨重的身子使它在迈步时不得不用力抓紧瓦当口。它从瓦檐走到瓦脊,又从瓦脊走到瓦檐,再绕着瓦檐走了一圈,才登上瓦楞,蹲在那儿不走,也不吱声了。它的整个身子静止不动,只有头颤颤地不时左顾右盼——突然矮下去的禾场坪、篱墙和田野使它的鲜红的冠子兴奋地抖动着。

我家的瓦背,看上去已有些年岁,先前青蓝的色泽已被时光洗涤成灰黑。在瓦背上,在公鸡冠子上,天空正把一匹阔大的瓦蓝呼啦啦地铺展开去。

十一月的阳光当空流泻,无声地滑过公鸡鲜红欲滴的冠子、黄黑杂间的绒羽、高高弯翘的彩尾,再蹚过它的两只爪子,而后从瓦背上一绺一绺地跃下禾场坪。很长时间过去了,公鸡仍然蹲在瓦楞上,沉静、安然,在阳光如水的流泻中纹丝不动。

离公鸡不远,靠近瓦檐口的地方,摆放着一只木盆。木盆里盛满晶莹的蜜饯。这些蜜饯是母亲用冬瓜雕镂而成的,石灰水里泡过,开水里煮过,然后浸了蜜糖晒在这里,晒干后要收进坛子里封存,过年时再取出来泡茶招待客人。蜜饯背面,雕镂着各种花鸟虫鱼,赏心悦目,逗人馋涎。正月间去做客,若是主人端出的茶水里泡着蜜饯,说明你是贵客;若没有,则说明你不受欢迎,喝完白茶后只得起身告辞。为使蜜饯在晾晒时不被鸡鸭啄吃，母亲特地将其搁到瓦背上，以为这样就可以安全地晾晒了。

不知蜜饯们是否感到了近在咫尺的危险，反正公鸡还没有注意到脚下的这只木盆。它沉迷在突然开阔了的天地间，傻傻地想：为什么不早点儿跳上来呢？为什么不早点儿发现这个地方呢？……当然，它可能很快就会发现这只木盆了。

母亲收工回来了。母亲在公鸡发现木盆之前发现了瓦楞上的公鸡。她大惊失色，迅速搬来楼梯，取来响棒，爬上瓦背嘘嘘嘘嘘地赶那只公鸡。公鸡被母亲手里哗啦哗啦的响棒吓住了，惊慌地从瓦楞东头跑到西头，又从西头跑到东头……瓦片在它的震动下发出扎扎的响声。后来，仿佛是无路可逃，又仿佛因为母亲搅了它沉迷的梦寐而愤怒，它咯哒哒哒地叫着，翅膀大张，扑地从母亲的头顶一跃而过。

母亲被公鸡突如其来的飞翔怔住了，她感到头好一阵晕，仿佛是整个瓦背都跟着飞起来了。

南瓜翻落石墙外

母亲在墙角种了一蔸南瓜。

瓜秧抽藤后,母亲便将藤蔓沿着石墙摆直。于是,一根瓜藤就在墙上没日没夜地奔跑起来——累了,停下来,开一朵花,而后再跑;累了,又停下来,再开一朵花……

外出归来,抬头便见一队南瓜花在石墙上你追我赶、笑语嫣然,还有渐渐硕大起来的瓜叶,依花伴朵地尾随着,热烈且奔放,疲累的心情一下子轻松了许多。

仿佛是有感应,南瓜打花挂果的日子里,我的小小的肚儿也变得沉重起来,郁郁的胀痛感终日缠绕在身,使我茶饭不思、眉宇发暗,一圈圈地瘦下去。

母亲慌了,忙将我背到卫生院。

卫生院的医生说可能是患了蛔虫病,开了驱虫药让我回家吃。

几日过去,未见蛔虫打下来,人倒是又瘦了一圈,越发地没精神了。

奶奶见我如此模样,说怕莫是生暗瓜了,要请张奶奶来掐掐。

我不知道生暗瓜是什么病,大约很厉害的吧,便很恐慌。

奶奶告诉我,生暗瓜就是肚子里长了瓜,因为长在肚子里看不见,所以叫暗瓜。就像墙上的南瓜一样,暗瓜也是有藤藤蔓蔓牵扯着的,藤蔓遍布全身,把人身上的营养一点点地输送给暗瓜,若不及时掐断病藤,暗瓜就会在肚里越长越大,并把人身上的营养吃光。我望了一眼石墙,瓜藤上的南瓜已经嫩青嫩黄、条路毕现,正埋头往硕大里长。由此及彼,我忽然觉得自己体内的暗瓜也如墙上的南瓜一般蓬勃起来,我吓得哇哇大哭。

母亲立马去喇叭冲请张奶奶。

张奶奶来了,用她那寸把长的指甲从我的头顶掐到脚趾,每掐一处,皮肤上就留下一道淤血的指甲印。张奶奶在我身上往返掐了三次,并化了一碗石灰水让我喝。而后嘱咐我,晚上若腹泻,不必恐慌,是暗瓜被掐落了,明日自然会好的。

　　张奶奶拄着拐棍消失在对面的山褶里后,我开始一个劲儿地上茅厕,寻找腹泻的感觉。暗瓜的蓬勃生长让我坐立不安,我实在等不到晚上了。我甚至怨恨母亲在墙上种了南瓜,让瓜气飘进我的肚子里来了。

　　尽管我非常努力,仍然没有出现预期的感觉,只有等晚上了。

　　下半夜,我不知不觉刚入睡,腹内突然翻江倒海一阵剧痛……第二天,腹中的胀痛感荡然无存。

　　我至今不知暗瓜为何物,也未查到这种病症的科学解释。偶尔起了念想时,奶奶和张奶奶早已归附大地。阴阳两隔,四顾茫茫,谁能掐断我思念的藤蔓?

　　年年岁岁,母亲依旧在石墙上种南瓜。

　　其实,南瓜是需要扎棚架种植的。逼仄的石墙影响了南瓜自由生长的空间,窄窄的墙顶渐渐地有些托不住了。便有些不安分的,边长边将身子往墙外挪——终有一日腾空翻落,将粗壮的藤蔓连瓜带叶一股脑儿扯下墙来。一片片瓜叶稀里哗啦地,宛如一只只硕大的手掌,在藤蔓上歪歪扭扭地伸展着,仿佛想抓住什么,却又什么也没抓住。

　　母亲看见翻落墙外的南瓜,忙放下手里的活计跑过来,心疼地将南瓜和瓜叶依次扶上石墙,口中不停地念念有词。我听不清母亲在说什么。但此情此景,却让我想起儿时蹬了被子,母亲一遍又一遍地将我的脚杆儿放进被窝里,盖好,一遍又一遍……那时我睡得多么沉啊,对母亲的辛劳与大爱浑然不觉。

萸荷浮在池塘中

经冬后的池塘,冒了气似的,浅干浅干地瘪在那。去年的水位在池壁留下一圈明显的痕迹。浅水饰掩的池底,凹现着许多脚印,依稀追记着干塘时鱼跃人欢的场景。

才过惊蛰,池塘忽然日比一日地丰盈起来。白白亮亮的池水一寸一寸往上蹿,眼看就要漾出池塘了。

一日,母亲从别处弄来几朵萸荷,随手丢在池塘中。

此萸荷不是常识中的那种莲荷。我们这里的水土不产莲,但萸荷很普遍——圆凹形的碧绿的叶儿,像一个个酒盏,盏中撑出一朵紫色的花,亭亭地立着;萸荷浸进水里的部分却煞是洁白可爱,根部一丛细细的须儿,踩着水,把萸荷顶出水面。萸荷质地松软、易煮,是上等的猪食。许多人家都在门前的池塘里养了,用来喂猪。

也真是怪,那几朵萸荷遇了水见了风之后,就大朵小朵地添蔸发朵,根连根、叶搭叶地往四下里弥散。不多久,满满一池新荷仿佛刚出笼的雏鸭,你推我拥地在水面浮游。静寂的池塘兀地变得生动起来。

桃花水涨的时节,父亲又往池塘里倒进几盆活蹦乱跳的鱼苗,它们泛着白白的小肚皮,眨眼就从萸荷的缝隙间溜进水里,无声无息了。待到它们再泛出水面时,已知道努着圆圆的嘴唇去吮萸荷白嫩的根须、绿绿的茎叶了。萸荷被鱼儿吮得痒痒,忍不住一次又一次地将怀中的花儿举高、再举高……萸荷和鱼儿,遂在这陌生境地里相亲相爱,相伴相生,续起了前世的姻缘。

春夏多雨,山里尤多暴雨。好好一块瓦蓝的天,转眼就堆满了积雨云。

雨脚如麻,横扫过一丘丘水田,从山那边奔袭而来。

这来自天堂的脚步,仿佛一场场厄运,迅即从萸荷身上噼噼啪啪地踩过。那些刚才还在莫荷间嬉游的鱼儿胆小怕事,倏地躲往深水里去了。莫荷也在暴雨的践踏下花容失色,颤抖不已。然而,我看见雨中的莫荷坚挺着小小的肩,硬是将厄运一次次地扛了过去。

鱼儿又浮出水面了——雨后的阳光清新透亮、成群结队地坐在莫荷上。朵朵莫荷神采奕奕、生机盎然。鱼儿们不断地从叶缝里跃出,吧嗒吧嗒地张开嘴巴去偷袭荷叶上丝丝缕缕的阳光。

扑通——扑通——

雨后的池塘里,传来阳光落水的声音。

还有一只鸭没回来

一、二、三、四、五、六、七……母亲在小声地数竹笼里的鸭子。

每天黄昏，当我将鸭子赶回家时，母亲都要亲自数一遍，看看鸭子少了没有，看看鸭子吃饱了没有。当八只鸭子一只不少地待在笼里时，母亲就会容光焕发地转过身来，投给我满意的一瞥。母亲的这一瞥胜过千言万语的表扬，让我的心在渐渐黑下去的暮色里灿烂。这种燃烧在生活细部的光芒，有时候比熊熊火焰更能使人温暖。

"咦，怎么少了一只呢？"母亲自言自语，并且将鸭子又数了几遍。每次，一二三四五六七都能利索地从母亲嘴里跳出，而"八"字却始终没有出现。这只掉队的"八"，好像在跟母亲捉迷藏似的，也许正躲在母亲的唇齿间，咻咻地窃笑呢。

我多么希望能像往日一样，聆听到母亲小声地数出"八"字。尽管我知道这是一种妄想。但我仍然竖起耳朵，期待着……

这些鸭子是春耕时节母亲从镇上买来的。那天母亲手挎竹篮，满面红光地走在回家的山路上。黄茸茸的雏鸭在竹篮里探头探脑，跃跃欲出。母亲不时顾盼一下，用手轻轻拍回探出篮筐的小鸭头。鸭子落地后，颠颠地在禾场坪撒野，啄吃母亲撒下的剩饭。剩饭撒得多时，鸭子吃得很沉迷，很安静，直到细长的食囊胀得满满。有时候，母亲故意撒得少，便出现了争吃的场面，一只鸭刚啄进嘴里的饭会有另一只鸭来抢，被抢的鸭就绕着禾场坪跑，跑得急了，嘴上的饭粒掉落了，只得掉转头再啄，恰好追的那只也赶上了，便嘎嘎嘎嘎地争做一团。一会儿吃完了，显然没吃饱，八只鸭子齐刷刷地将头昂向母亲。母亲被鸭子的憨态惹笑了，她将手中的饭粒全部抛撒，空中落下细密的饭雨，鸭子们争相引颈……禾苗拔节的日子里，鸭子们全披上了"背褡子"——背上长出了嫩灰嫩黑的鸭毛，母亲便让我将它们赶到双江河里去放养。从此，鸭子们开始分享我的青嫩的童年时光。每天,它们在岸边找食,然后去河里凫水,然后乘我不备排成一串,随波逐流,悠悠远去。许多次,我从草滩上一跃而起,沿着长长的河岸穷追猛赶。

一串串日子就这样流走了,是怎么也追不回来的。这是常理,没有人会去细想。然而,八只鸭子中的一只,也跟随那些日子一起流走了,这却是大事件。我是在太阳落山之前发现这起事件的,我已经追过了好几道水湾,找遍了双江河边的刺蓬窝,却怎么也找不见那只鸭子了。我不知道问题出在哪里。一整天,双江河水都很平静,不像要出事的样子;一整天,我仅仅做了一个梦,很短的一个梦,而且,梦的内容已全部忘记。

哦,还有一只鸭没有回来!这让每日习惯了数到八只鸭子,然后容光焕发地转过身来的母亲有点无所适从。听到母亲的反复疑问,我真想跑过去告诉她:还有一只鸭没有回来。然而我不敢。我懂母亲的心思,这八只鸭子无异于她心中盛开的八朵花儿,她每天看着它们,摩挲着它们,粲粲其中,烂漫其中。随便一朵夭折了,在母亲心里,都不会亚于一次地震。我不能直接地把这个不幸告诉她,我只能耐心地等着她慢慢醒悟过来,慢慢地想到要向我兴师问罪,然后把所有的气都撒在我头上,然后再慢慢地消了气……我已经做好了挨打的思想准备!

很长时间过去了,母亲还在自言自语:"怎么就少了一只呢?昨天还好好的,今天怎么就少了一只了呢?"惆怅的语气里分明流露出对时光的质疑,仿佛是时光在流逝中出现了什么问题。

哦,母亲,你怎么这么傻呢?怎么就没有想到是你的儿子不小心把鸭子看丢了呢?怎么就没有想到你的儿子也会犯错呢?母亲哪,你真是个傻母亲。

还有一棵油菜没有开花

　　别的油菜都开花了,一畦又一畦金黄,热热闹闹地摆在田野上,像一块块大大小小的蜜糕。于是有了蜜一样的味道,在春天里四处流溢,连风都变得甜兮兮、黏糊糊的了。

　　可是,在油菜地的那头,靠近田埂的地方,居然还有一棵油菜没有开花!

　　这是一棵高高的长得很苗壮的油菜:青青的枝干,绿绿的叶儿,从上到下都焕发着勃勃生机。可是这么大的油菜地里,为什么偏偏是它没有开花呢?偏偏,又是在这样一个显眼的位置,于是人们很轻易地便发现了:这里居然还有一棵油菜没有开花!又因为它占据着这么好的位置却没有开花,于是进一步地引起了人们的猜测:它是不是很懒惰呢?是不是到山野里贪玩去了呢?是不是丢失了花房的钥匙呢?

　　哦,春光曼妙的田野上,居然还有一棵油菜没有开花!这种情景有点像学校的课堂上,同学们在老师的带领下大声地朗读,偏偏,前排的一个男生却在打瞌睡,睡得那样沉,甚至还传出了不轻的鼾声。显然,这是一个爱做梦的男生!师生们都朗读完了,他在睡;下课铃响了,他在睡;全体同学起立了,他还在睡……这个男生终于引起了老师的不快,老师绕到他的课桌前,屈着手指轻轻敲击桌面;然而,这个男生仍在呼呼大睡!教室里响起了咪咪的低笑声。老师终于愤怒了!他不再文雅,猛地揪起男生的耳朵……男生痛得"哎呀哎呀"地从睡梦中歪歪扭扭地站了起来,在哄堂大笑里羞得满脸通红。

　　如果,这棵油菜也如那位男生一样地做梦去了,谁能将它叫醒呢?谁能模仿一棵油菜的语言去喊醒一棵油菜呢?别的油菜都开花了,再过一段时间,就会打苞、结籽,就会收割了。到那个时候,它如果还没有开花,孤零零地站在空旷的田野上,那将是一件多么尴尬的事情啊!

这棵油菜却仿佛一点儿都感觉不到这些,丝毫也没有不开花的紧迫感。你看它依旧青青地绿着,自在地绿着,它当然也有小小的花苞,它的花苞也是绿的,把内心的缤纷包裹得严严实实。它看起来就像一个站立着的绿色的梦,在呼啦啦的金黄的海里迎风摇曳……

就像那位爱做梦的男生一样,它可能,真的是一棵爱做梦的油菜!

我们不妨来猜测一下,一棵爱做梦的油菜都梦见过什么呢?这么长时间过去了,它不可能老做一个梦吧?它肯定做过许多许多梦,而且它的梦都是回忆式的,因为它是一棵有点儿恋旧的油菜。

首先,它梦见当自己还是一粒种子的时候,躺在一个木板拼成的仓库里,跟许多种子头挨头、肩并肩地挤在一起。仓库里虽然暖和,但很沉闷、很黑暗,种子们虽然互相挤在一起,但谁也看不清谁的模样,因此谁都没有动,也不想说话,很郁闷的样子。那时候大家的想法都一样,就是希望早点儿从这里出去。每当听到人的脚步声越来越近的时候,种子们的内心就会膨胀起来;当脚步声很快又远去了,膨胀的内心就变成了一声声幽怨的叹息。人啊,你如此聪明,却不能懂得一粒种子寂寞的内心!

但真正懂得种子的内心的,其实还是人。终于有一天,它和同伴被搬离了黑暗的仓库,来到光明的天地间。天蓝蓝的,阳光暖暖的,到处弥漫着秋收后的稻草香味。

它们被带到新翻了泥土的田野上。一个女人将它从篮子里分出,交到另一个人手上——这是一只稚嫩的手,白白的,可以看见皮肤下面血管清晰的脉络。很显然,这是一只少年的手。不知怎地,它忽然对这只手产生了迷恋。它喜欢这只手清新的肉香和汗味,喜欢他的浅浅的掌纹,就像微风在湖面上刮起的细细的涟漪那样,朝着四面八方弥散开去……它喜欢贴着手掌,聆听血管里蓬勃的律动,那样清晰,那样有力!如果可能,它还想走进他的血管,逆流而上,一直走进那万花簇拥的天堂,然后在那里生根、发芽,开出一朵金黄金黄的花儿……

少年却一点儿都不知晓它的心事,"呼"的一下就将它撒进充满着牛粪气味的泥土里,并且用锄头勾起泥土,轻轻地将它掩埋了。

它一下子坠入了更加寂寞的黑暗中。

它有点怨少年，小小年纪，居然这么粗心，居然看不出它的心事。

一粒种子从未怨过什么，即使怨，那也是绵绵的、柔柔的。它绵绵柔柔地躺在泥土里，好像听到少年的脚步离开了田野，渐渐远去。它急了，少年要走了，它忽然急了！它一急，心事就破壳而出——一根细细的苗儿，兀地钻出地面。

它是油菜地里第一棵钻出地面的油菜！

可是，少年已不见了踪影！

少年还会来么？他撒下它就不管了么？迎着越来越冷的季候，它咬着牙，抖着秆儿，一节一节地往上长；长一节，伸出一秆枝叶；它的心事，也一枝一叶地长着，很蓬勃，很好看，它希望少年一来就能看到。

经过了肃杀的严寒，又迎来了温暖的春天。

少年去了哪儿呢？在山那边的一所小学校，一间明亮的教室里，一个靠窗边的座位上。他已经全然忘记了田野里的事情，他的父母让他好好学习。他是一个听话懂事的孩子，当然要听父母的话，好好学习。他的同桌，是一个青嫩少女，青青嫩嫩的，就像田野里的油菜，少年每次抬眼看她，就会恍惚想起一个什么地方或是一件什么事情。但那究竟是一个怎样的地方或一件怎样的事情呢？少年却不甚了然。

一棵油菜没有开花，在铺天盖地的油菜花海里，是多么的另类和不可思议！没有人知道，这是一棵爱做梦的油菜，正在梦里青翠欲滴地想着：花儿呀花儿，也许明天开，也许后天开，也许……那将是怎样的一场缤纷，怎样的一份甜蜜呀！

一棵油菜没有开花，在栖霞倚彩的油菜地里，势必像一位嫁不出去的姑娘那样，引来许多关注——

春风轻轻地旋过来，捏捏油菜的叶，推推油菜的秆儿，揪揪油菜的苞，油菜酣然不醒。"嗡嗡嗡——"几只蜜蜂过来了。几只蜜蜂抖着小小的羽翼，绕着油菜忽上忽下地翻飞。"嗡嗡嗡——嗡嗡嗡——"蜜蜂深情地呼唤着！蜜蜂唤醒了多少花儿呀！然而面对这棵油菜，竟然束手无策了。蜜蜂们怀疑这棵油菜患了自闭症，需要请蝴蝶医生来看看。

不一会儿，蝴蝶医生披着斑斓的外衣，很骄傲地飞来了。这段时间,蝴蝶医生治愈了多少身患枯萎症的小草啊!可她对着油菜左看看、右瞧瞧,居然,也没能看出什么毛病来!看着看着就翩翩然飞走了。

周末,一个女人带着她的儿子来到了油菜地。

"妈妈,我要找到我种的油菜!"

那个少年兴奋地在油菜地里转悠着。他想不到转眼之间,地里的油菜就长得和他一般高了。

可是,这么多的油菜,要找他种的那一棵,可真不容易啊!

转着转着,不觉就转到了这棵尚未开花的油菜面前,少年大为惊讶!

"妈妈快来看呀,这里还有一棵油菜没有开花!"

妈妈过来了。妈妈也不知道是怎么回事,她从未见过不开花的油菜。她想把油菜拔掉算了,反正不开花呢。少年却不乐意,妈妈说那就留着吧。少年又看了几眼不开花的油菜,转身跟妈妈走了。

"嗨——"似乎有人在身后喊,声音急急的。

少年回头看了看,什么都没有。他以为听错了,又转身去了。

"嗨——"这回明明白白是有人喊了。

少年惊异地再次回头,看到了一朵油菜花羞涩的笑脸。

向麻雀打听稻草人的去向

　　一群麻雀在双江河畔的柳枝间穿梭了半天,再翩飞上岸边的田垄时,忽然止住喧闹,在田垄边的刺蓬上齐齐立下来——就在离开的这半天时光里,田垄上忽然布满了色彩,大块大块的色彩,红的、绿的、蓝的……列成好几个方阵,呼啦啦地拥向山边。麻雀们感到有点无所适从。这才多大一会儿啊,不过就从时光的罅隙间蹦出来溜达了一会儿,时光就往前跨走了好大一步。麻雀们更为惊讶地发现,每丘水田里都站着一个人,披塑料雨衣,戴旧草帽,手握竹枝,好像预备着随时去扑打什么。好长时间过去了,那个人一直站在那,一动不动,一言不发。由于那人的头部荫在草帽下,表情模糊不清,麻雀们便不敢贸然前行,迟疑一阵后,仍旧飞回柳枝间嬉戏去了——

　　以上是二十年前我在湘西南某个山村的见闻。田野里的那个人便是稻草人;而我,自然是一个青葱少年,喜欢爬树,喜欢手握弹弓,瞄准树上翩飞的麻雀——“啪”的一声响,空中腾起团团光影,在蓝天的景布上叽叽喳喳四窜。我家仓楼靠近瓦背的木楞上,就有一个枯草绕织的麻雀窝,但我从不去捣它,因为,我更喜欢趁麻雀外出觅食时爬上去,摸草窝里的鸟蛋。一个个晶莹的鸟蛋宛如一次次日出,照亮了少年的天空。

　　田垄上,稻草人远远地站着。因为像人,它于是获得了一种机缘,在褪去了稻穗的沉重后,仍然得以单腿立于田野,用一种颇具乡村幽默的姿势,代表日渐水灵的庄稼,对麻雀等飞禽的到来表示着朴素的拒绝。它的拒绝是固执的。但它的固执永远不会对鸟雀构成伤害。因此,关于鸟雀的匆匆到来和迅速离去,我更愿意看成是它对稻草人深怀的一份敬意。在这种文明的对抗下,庄稼们获得了拔节生长的空间,滋滋滋地开始灌浆、扬花和吐穗……

在田野大家族里,许多事物都是有声有色的:渠水哗哗流淌,牛哞短短长长,蛙鸣欢快而嘹亮……唯有稻草人是静默的,从初春到深秋,默默地伫立着,看时光流变,看四季更迭。没有人知道,它的静默里是否包藏着田野的大秘密?沉闷的稻田午后,有人看见一只蜻蜓在稻草人的旧草帽上静立了许久,而后鼓动翅膀,在空中剪裁出一幕幕透明的太阳雨。

少年的我也许是离稻草人太近,因而从未仔细观察过它。时隔多年,偶尔起了念想时,只恍惚记起它头上的那顶旧草帽了,草帽下的脸庞已然模糊,倘若它哪天进城,迎面走来,我根本无法认出它。但它还能否像当年那样叫出我的乳名吗?最近的距离才最遥远啊!稻草人隐约在时光深处,像箴言般意味深长。

某日,当我也像一只麻雀那样,从村里的四季更迭间仄身蹦出来,在外溜达了二十多年后再回到村里时,发现时光已不知往前跨出了多少步。

这儿已不是我记忆中的村庄了,田垄上不再演绎色彩,弧形的棚布统一着稻田,反季节蔬菜篡改了农业。这里变成了县城的蔬菜基地。每天凌晨,装运车辆使寂静的乡村黎明像城里的农贸市场一样喧嚣,讨价还价、斤斤计较使朴素的乡村显得多么别扭和不自信,但人们脸上荡漾的却是庆幸与满足,以及偶尔失算后的点滴遗憾。

我的目光在田垄上四处搜寻,发现稻草人已踪影全无。我心有不甘,问村中少年,尽皆一脸茫然,不知所问为何物。看来,稻草人已经离村多年。或许,它也进城了,跟随打工的人流一起,辗转于车站、码头,踡缩于候车室的长椅下……夜里,它那经霜多年的肺叶里,会不会咳出断不了根的阵阵疼痛?它当年拒绝麻雀的固执,在今天可能已无法拒绝疼痛。

稻草人呵,你如今身在何方?草帽下罩着的那个村庄,已更迭为一个遥远的地址,潜入了我的籍贯。

村庄寥落、空寂。西边山岭上,孤悬的夕阳在向晚风低语:如果谁遇到失散多年的麻雀,请打听一下稻草人的去向。

第二辑 同学们

先介绍一下学校

我初中在一所农村中学就读。

学校坐落在西边一面山坡上，隔着大片稻田，与乡政府遥遥相望。

学校建校时，依势将山坡劈为三层，自上而下，一层为宿舍，二层为操场，三层为教室和食堂。

学校没有围墙，早晨或黄昏，常有村民吆着耕牛、挑着畚箕、扛着柴捆从操场穿过，操场于是成了南北方向的村民上山下田的重要通道。操场四周，散落着一圈白杨树，颀长秀挺，蓬勃向上。这种树有个毛病，秋高气爽时易招惹毛毛虫，树干上、枝叶上，刺茸茸的毛毛虫随处可见。每遇风起，身轻体柔的毛毛虫随风潜入教室，静寂的课堂上便爆出女生刺耳的尖叫和男生具有变声期特征的哄笑。课间休息，我们常去踩那些毛毛虫，踩得它肉浆迸溅。有的同学拿了小圆镜，折来阳光聚焦成亮亮的小点，忽闪忽闪地追着毛毛虫灼烧，毛毛虫虽扭着肉乎乎的身子拼命爬滚，却怎么也甩不掉灼热的光点，渐渐的身上的刺毛冒了烟，身子慢慢地烧焦了。这种对弱小生命的摧残方式具有很强的兴奋点，吸引了不少同学围观。后来学校请人洒了药，毛毛虫便日渐稀少了……

以上是我对母校的大致记忆，更多的记忆留给了我的同学们——

余长发

瘦高个,长条脸,皮肤黝黑,却生就满口白牙,笑起来像乌云里的月亮,寒森森闪光,让人不自在。由于这一点,我对余长发印象不好,很少与他交往。

某年寒假,有人走村串户扮土地神。一阵鞭炮响过,便听见锣鼓哐啷哐啷敲进门来。一老者带两小者边唱边跳:

> 人生在世要公平,
> 要敬土王六戊人;
> 遇着土王不挑粪,
> 污坏四山土地神;
> ……

唱罢哐啷哐啷敲,敲完又唱——无非是些家庭和睦、五谷丰登、吉祥如意之类。这种扮土地游春的习俗在本地很盛行,除了表达对土地的崇敬外,更多是送个吉祥、讨个如意。唱得主人高兴了,会给赏钱。

三人中有一人,声虽稚气,却腔调圆帖,手舞足蹈,入滋入味。唱毕蓦地扯下道具,赫然冲我一笑,露出满口白牙——原来是我的同学余长发。

我的同学余长发,竟然会扮土地神?!我忽然对他产生了兴趣,上前拉住他的手,邀他去房里坐。他转头看老者,老者微微一笑,摇头。余长发遂冲我说:"还要去别家呢。"我不舍地松开了他的手。

其时,母亲已将赏钱和糍粑之类赏物塞进了他们的背包。老者俯身道谢。三人随即出门,飘然而去。不久,便听见别处响起了鞭炮声。

母亲羡慕地说:"看你同学多能干,小小年纪就知道挣钱了。"

　　我刚才的好心情全被母亲这句话搅了，便翻出白眼给她看。母亲自然不受用，丢下一句："干嘛这样看我？"便下厨去了。我也回房躺在床上，满脑子都是余长发手舞足蹈的模样和白生生的牙光。人与人的境地原本千差万别，也难怪母亲说。比如此刻，余长发能为家里挣钱，而我却只能吃闲饭。想着想着，兀自烦恼起来。

　　后来的交往中，我发现余长发还有许多小能耐——他知道阴阳五行；知道人在山里被蛇追咬时，不能往上跑，只能拐着弯往下跑；知道朝天冠的根茎能治痢疾，我母亲的痢疾病就是他治好的……余长发在讲或做这些事情时，显得很老成，一点儿也不像个十几岁的少年，他的一身黝黑的皮肤帮了他的忙。

　　我常常想，在余长发那里，会不会居住着许多仙风道骨般的人物呢？

　　真正使我和余长发缔结友谊，成为拆不散打不烂的死党的，却是羊胜利。

羊胜利

羊胜利是外乡人。他敦实、憨厚，由于掉了门牙，导致齿间漏风，且有碍观瞻，笑时便老抿着嘴，做出女生样的娇羞。老师点名提问时，羊胜利未站起来就先脸红了，而后抿着嘴笑，而后才启齿回答，话未出口又脸红了。全班同学都望着他笑。老师也笑了。老师说："羊胜利你别紧张，慢慢讲，没关系的。"言语中分明流露出对他的喜爱。

我和余长发都不喜欢羊胜利，因为羊胜利那副女孩般娇羞的模样。

"彻头彻尾的女人气！"有一次，余长发突然对我说。

我们不喜欢羊胜利的原因还有一个，那就是羊胜利的学习成绩比我俩都好。期中考试，他拿了全班第一，我屈居第二，余长发第三。这怎么行呢？他一个外乡人，凭什么让他拿第一呢？俗话说：强龙不斗地头蛇。可羊胜利却毫不顾忌这些，平时从不主动与我们搭腔。我和余长发又气又恼，又怨自己考试时太大意。

但我们却不敢对羊胜利怎么地，因为他是夏老师带来的。

夏老师是学校的音乐老师，与羊胜利同乡，地区师范毕业分配到这里任教刚满一年。夏老师歌唱得好，人长得美，同学们都喜欢她。

一天课间休息，我和余长发伏在栏杆上，望着夏老师甩着齐腰的长辫穿过铺满阳光的操场，走上宿舍的台阶……我心有所动地对余长发说："夏老师的美丽加快了我们成年的速度。"谁知，下午上思想品德课时，这句话居然跑到了老师的嘴里，成了不尊敬老师的罪证。虽然老师没点我的名，但我却感到脸颊发烧、无地自容。

课后，余长发帮我回忆。我们终于想起来了，我说这话时身后好像有个人迅速走过去了。

"肯定是羊胜利。"余长发说。

对羊胜利的同仇敌忾使我和余长发成了打不烂、拆不散的战略伙伴。我们处处留意羊胜利，想找他的茬儿。然而，羊胜利也谨小慎微，处处提防着我们，使我们一时竟找不到机会。

一天，余长发兴冲冲地拉起我往外跑。"我发现羊胜利的秘密了！"

余长发说，每天上午第二节课，羊胜利总是将书本打开竖在课桌上，人却伏在书本后打瞌睡。"涎水流得老长呢。"

总算找到你的软肋了。小子哎，看我怎么收拾你。

第二天上午，第二节英语课开课不久，我回头一望，果然看到了余长发描述的情景。我大喜过望，急忙写了张纸条，趁人不备递给了老师。英语老师看完纸条后丢下书本，拿着粉笔朝羊胜利走去。

想不到英语老师也偏好恶作剧，他并未直接叫醒羊胜利，而是用粉笔在羊胜利的脸上轻轻地画图……

教室里响起了哧哧的笑声，很快就变成了哄堂大笑。

羊胜利醒了，他惊悚地站起来，脸红得像关公。

我和余长发相视一笑。初次得手让我们信心倍增。我们决心再策划一次更为过瘾的，让羊胜利输得一败涂地，最后乖乖地卷起铺盖走人。

杨小梅

我的同桌杨小梅给了我们机会。

就像不喜欢羊胜利一样，从同桌的第一天开始，我就不喜欢杨小梅。

在我的感觉里，她总是低着头，窸窸窣窣地，不是弄什么就是吃东西，好像从没认真听过课。而且，她身上一股浓浓的肥皂水味让我十分不自在。尽管我的衣服也是母亲用肥皂水搓洗的，但却漂得很干净，全身透着布料儿应有的芬芳。杨小梅的显然没漂干净，这是懒的象征。最可恨的是，她老是从家里带了生红薯来吃，细细碎碎的，就像我家仓楼里的老鼠一样，叫人不得安宁。

更令人气恼的是，杨小梅作业遇到难题，居然跑到后排去向羊胜利请教。

明明是同桌，却不请教我，而要跑到后排去请教羊胜利，摆明就是认为我不如羊胜利了。杨小梅的如此做法令我妒火中烧。

不久，余长发神秘兮兮地告诉我："他俩有一腿。"

我瞪着余长发："你瞎说！"

余长发的双眼立马瞪得比牛眼还大："不信拉倒，我都亲眼看见他俩那个黏乎劲儿了。"

我信了，因为余长发从不说假。

我们找了一个僻静地方，如此这般地嘀咕了一阵，便会心地笑了。

当晚，我撕了父亲的笔记本，用左手歪歪扭扭地写了几页，第二天一早便交给余长发。余长发拿了纸条，马上就跑到班主任李太华老师门前，将纸条从门缝里塞了进去。

我的心咚咚地跳着，期待一个时刻的到来。

第一节课下课后，李老师神色严厉地来到教室。"羊胜利，杨小梅，

到我办公室来一趟。"

我和余长发再次相视一笑。

不一会儿，就看见杨小梅眼圈红红地跑回教室，伏在桌上呜呜地哭起来。

接着，李老师也来了。他脸色铁青，扬着手里的几张纸片，怒气冲冲地说："谁写的？竟然用这种方式毁谤自己的同学，用心何在？唉？"

末了，他又说："如果现在敢站出来承认错误，向两位同学道歉，我可以既往不咎，敢不敢站出来?!"他环顾着教室。

教室里鸦雀无声，一派肃然。

"敢不敢站出来？"李老师又问了一遍。

我感到心在咚咚地狂跳，呼吸也急促起来。我坐不住了。

这时，后排有人响亮地答道："是我写的。"

我的同学加朋友余长发勇敢地站出来了。"我向两位同学道歉！"

余长发的行为激励了我，我也呼地站起来，"是我写的，不关余长发的事，我向羊胜利、杨小梅道歉！"

"是我写的！"

"是我写的！"

……

需要说明的是，我与杨小梅同桌一学期，竟然没说过一句话，如今想起来，她长什么样我都记不清了。唯一的一次交流是期末考试，我正在紧张答题，忽觉右肘被撞了一下，转过脸一看，是杨小梅，她示意我将试卷敞开些，以便她能看到答案。我自然照办了，毕竟是同桌嘛。

毛顺生

毛顺生也爱吃生红薯。

毛顺生爱吃生红薯,是因为家里种了很多红薯。有次我去他家玩儿,他指着对面好大一片漫坡说,那就是他家的红薯地。

种红薯是很费力的。阳春三月,将土窖里逾冬的红薯种取出,插在牛栏肥里催芽;冒芽后再取出,种到田畦里长藤;等到绿绿的藤叶纵披横铺,缀满整个田畦时,再将藤剪成小节,粘了肥灰插到预先锄好的地里去。红薯藤借了肥气,渐渐地抽枝发叶,贴着地儿弯弯绕绕地蓬勃起来,于是,整个山坡全绿了。

春去秋来,串串红薯在地里鼓鼓胀胀,呼之欲出。

红薯一身都是宝。这倒不因为毛顺生的父母只会种红薯,而不会别的生财之道才这么说。毛顺生看了电视,有位营养专家说红薯还可以抗癌呢。如今在城里,红薯都成了黄金食品。毛顺生觉得自己的父母并不像别人说的那么笨,反而很有市场眼光。父母挑了红薯去镇上卖,就很抢手。毛顺生每年的学费,就是这些红薯提供的。除了卖给城里人吃外,剩下的就自己吃,自己吃不完的给猪吃,吃了红薯的猪特别长膘。但不能给野猪吃。野猪努着长长的嘴巴,一来就拱烂了一大块红薯地。为了保卫红薯,父亲在红薯地的旁边扎了个三角形的杉皮楼仓,夜里扛了火铳去守护。毛顺生觉得好玩儿,也要去。父亲答应了,反正可以做伴。

毛顺生和父亲在那个杉皮楼仓里度过了许多个灌满天籁之音的夜晚,却迟迟未见野猪出现。毛顺生的耳朵灵灵的,眼睛亮亮的,夜夜等候野猪出现,因为他从未见过野猪。父亲见毛顺生的模样,笑了,哄他睡觉。毛顺生闭上眼睛还在想:野猪究竟什么样子呢?是否跟家里的那头猪一个模样呢?

　　静谧的夜空繁星点点,幽寂的山林里藏匿着许多神秘和未知。毛顺生带着对野猪的向往进入了梦乡。

　　"顺生,顺生,快醒醒,野猪来了。"不知过了多久,父亲压低嗓门在毛顺生耳边喊。

　　听到"野猪"两个字,毛顺生"呼"地坐起来:"野猪在哪儿?"

　　父亲端起火铳,蹑手蹑脚地爬到仓口,瞄着楼仓前方一团呼呼作响的黑影。

　　"砰———"铳响了。毛顺生捂着耳朵,用眼睛去寻野猪。

　　"快跑!"谁知父亲甩下火铳,拉着毛顺生慌忙从后仓跳下来,连滚带爬地跑下坡去。

　　毛顺生稀里糊涂地滚得全身发疼,脸擦伤了,腿摔瘸了。他不解地瞪着父亲。

　　原来,父亲的枪走了偏,没中要害,打到野猪屁股上去了。负了伤受了疼的野猪一声狂啸,腾地朝楼仓扑来。俗话说:受伤的野猪猛如虎!惹不得的。父亲只好弃枪而逃。

　　第二天,父亲叫了人去看,楼仓已被野猪拱得稀巴烂。他们循着血迹寻去,终于找到了那头负伤的野猪,打死后抬回来一称,足足有三百斤重!村里人纷纷前来品尝,脸上洋溢着过年般的喜色。

　　每个周末回家,母亲都要挑一袋黄心红薯让毛顺生带到学校吃。黄心红薯虽然好吃,却坚硬难啃。有一回,毛顺生饿了,洗了红薯猛咬一口,一颗门牙血糊糊地生生咬脱了。同学们便取笑他——

　　"缺牙巴,扒鸡屎,扒到门角有堆热狗屎……"

　　毛顺生也不恼,任同学取笑。他仍旧从家里带了红薯吃。母亲说,学校的饭菜分量少,顺生正在长身体,千万不敢饿着。

唐小娜

初三下学期,学校调来个新校长,姓吴。

吴校长新官上任,决心改变本校教学面貌。目标之一,就是今年中考要力争有一名学生考上县一中。之前,本校只有考入区高中的学生。"我们要实现零的突破!"吴校长的豪言壮语在操场上空回荡。全校师生都感到异常振奋。

振奋归振奋,要想突破并非易事,得有具体措施才行。眼前的现实是:时间短,底子薄。吴校长和班主任李太华老师磋商了整整一晚,最后拿出个"抓重点,搞突击"的方案,把考县一中的希望锁定在我、羊胜利和余长发三个人身上,要求本学期我们三人全部住校寄宿,便于老师抓学习。这方案未免有点"揠苗助长",同时也打击了其他同学的学习情绪。

吴校长雷厉风行,每天都亲自来过问我们三人的学习,亲自解答疑难问题。他还弄来许多模拟试卷,使我们每天都处于紧张的临考状态中。

吴校长上任时,还带来一个叫唐小娜的女生,到我们班插读。

到底是城里女孩,唐小娜时髦、靓丽的着装和气质使她很快就成为了班里女生的领军人物,仿效者众。男生们也乐于接近她,以与她搭上几句话为荣。常常,在不同的场合都能听到这样的对白:"今天我跟唐小娜讲了个故事,把她乐傻了"……"唐小娜今天情绪好像不太好"……

我们三棵重点苗子显然看不惯那些媚俗者,虽然偶尔也会被这股风儿牵引一下目光,但还不至于分散精力。

令人烦恼的事很快就发生了。唐小娜爱唱流行歌曲,上晚自习时,只要老师一离开,女生们就怂恿她唱。什么《我衷心地谢谢你》、《路边

的野花不要采》等等。音律不齐的歌声终日在耳边回荡,仿佛无数条虫子在身上爬,爬得全身都不舒畅,注意力根本就没法集中了。

我们忍无可忍,一齐向李老师告状。

李老师自然找了唐小娜谈话。但因为是校长带来的人,估计语气不会太重。

谁知唐小娜回到教室,竟然柳眉倒竖,指桑骂槐地数落了一个多小时。

我们仨人打着眼色,咋咋舌头:"街巴佬真厉害!"

"你们说什么?骂谁呢?"唐小娜叉着腰站在身后,又欲作态。

这时,李老师黑着脸,倒背着手进来了。教室里顿时鸦雀无声。

唐小娜和女生们的歌声成了我们学习上的敌人,顽固且韧长。我们自觉战胜不了,便决定撤退。我们撤退的方式是不在学校上晚自习了,都到我家去,反正路途很近。我的父亲知情后很支持,把他的书桌让出来供我们使用。

于是,每天晚上,我们仨人便携着书本,穿过一路金黄的油菜花来到我家。

进房后便不说话了,各自打开书本静静地学习起来。下自习的时间到了,便收起书本,踩着遍地沁凉的月色再溜回学校。这种情景令我的父亲十分感动。有时,他会安排母亲煮了鸡蛋端进房里,守着我们囫囵吞枣地吃了后再端出去。

校长终于知道了我们的事。那天夜里,他带着李老师,打着手电筒一晃一晃地照到了我家。

我的父亲在堂屋里接待了他们。

寒暄过后,父亲大声数落起来,责怪学校管理不严,致使学生出现如此局面。末了,父亲石破天惊地抛出一句:"若是孩子们考不上一中,全是你们的责任!"

校长和李老师一个劲儿地自责,并保证一定扭转这股风气。

我觉得父亲的话过头了,心里隐隐地不安起来。

中 考

中考结束了！我、羊胜利和余长发都发挥不错，自我感觉良好。吴校长更是兴奋地挽起衣袖，在操场里转来转去，不断地大声嚷嚷："我们终于有希望突破了！以后去县里开会再也不用坐冷板凳了！"

接下来的事情，就是耐心等待考试成绩和录取通知。

我们三人结伴，轮流到三方家里做客，受到了三方家长的热情款待。那段时间，我们沉浸在梦幻的荣光里，过得有些飘飘然。

时间过去了将近一个月，还没有任何消息。

我有些按捺不住，便约了余长发和羊胜利去学校打听。

值班老师告诉我们，吴校长和李老师已经到教育局查了分数，然后就回家度假去了，具体情况他也不清楚。

我们心有不甘，决定去找李老师问个究竟。

李老师是半边户，家在枫香村，离学校有段距离。

一路打听，我们找到了李老师的家。李老师却到对面山里砍柴去了。

循着刀斧声，我们在一片小灌木林里找到了李老师。

一见我们，李老师揩揩额上的汗珠，腼笑着说："恭喜你们，都考上了区高中！"

我们全蒙在那里，不相信自己的耳朵。

想再细问时，李老师已扛着柴捆、佝偻着身子走上了一道山坡。逆光中，他的背影有些苍凉。

余长发告诉我，吴校长向李老师许了诺，只要我们三人有一人考上县一中，就把他那吃农村粮的老婆招到学校来做勤杂工。

"看来，这事要泡汤了。"余长发伤感地说。

我不知道校长对李老师有这样的许诺，只知道李老师过得很

苦,一家老小全靠他那点儿工资度日,父亲又患有肺结核,成天
捧个药罐罐……

　　山里起了雾,李老师的背影很快就在山道上隐没不见了。

　　我的眼前一片模糊,不知道是雾气还是别的什么。

第三辑 好像听见父亲在风中说话

好像听见父亲在风中说话

少年的病有点糟糕。

起先只是咽喉疼,但还能说话、进食,加之不断有人说,小孩子喉咙疼,不碍事的,母亲也就没在意,到卫生院随便抓了点药给少年吃。几天后却不见好,且越发疼得厉害,不但粒米不进,连话都说不出来了。面对嘴唇发乌、满脸潮红、全身像开水一样滚烫的少年,母亲慌了。

少年的父亲得到消息赶回家时,已是薄暮时分。带信的人气喘吁吁地跑到岩鹰界山深处的伐木场,找到正在对一蔸老松发狠的父亲:快、快……你的孩子,快要死了!父亲甩下斧头,拔脚就走。回家一见少年的模样,抱起少年就往公社卫生院跑。卫生院那个满脸疤痕的女医生慢悠悠地将手刚搭上少年的额头,就兀地抽回去,对着呆立一旁的父亲大眼一横:快送县医院,我们这里没药了。怎么会没药了呢?怎么就没药了呢?父亲心有不甘地搓着双手,要哭的样子。

从沙田村到县医院,十五里山路。天已经黑了,父亲一咬牙,背起少年,顶着越来越浓的夜色跌跌撞撞地往前走。好在这条山路父亲走得多,秋收时节送粮,一天要走三四个来回,哪儿有个绊绊、哪儿有个坎坎,闭上眼睛都看得见,何况孩子病成这样!孩子的病就是照路的灯!父亲背着少年一口气就跑上了会子坳。

从会子坳到县城,一溜儿下坡路。

父亲停了停,将少年移到胸前抱着。少年闭着眼,耷拉着头睡靠在父亲肩上。父亲耸耸肩,喊少年:宇生、宇生……你醒醒,跟爹说说话好么,你不要吓着爹爹好么……父亲带着哭腔的声音在晚风中轻轻飘响。少年动了动,却不搭理父亲,只顾昏昏沉沉地睡。少年越是没动静,父亲越是慌了神,脚板底下来了风似的,嗖嗖嗖地跑得飞快。

少年打小身子弱,出生时没人在母亲身边照顾,母亲咬着牙自己

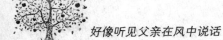

剪断脐带后就昏了过去。等到父亲喊了接生婆到家时,少年已哇啦哇啦地在农历十一月的严寒里哭冻了一个多小时,从此落下病根子……伤风感冒、扁桃体炎、肺结核接踵而来,使少年的整个童年时光都弥漫着苦苦的中草药气味。母亲每每在回忆起这段岁月时,就会戏称少年为"冒风坛子"。身体佝偻、骨瘦如柴的少年严重地拖累了父亲和母亲。

父亲和母亲具有相同的家庭出身,共同的苦难和厄运催开了他们的爱情之花,1966年农历9月的萧瑟秋风终于使他们携起手来,在自己的掌心里恋取着对方的温暖,在对方的眼睛里放飞了自己的一生。一年后,少年呱呱坠地。这原本是贫寒岁月里酿制的一缕喜悦和甜蜜,却又蒙上病魔的冰霜。少年的父亲背着病快快的少年多方求医,母亲则四处问卜……直到上学,病才慢慢脱体。少年是父亲和母亲为之生活与奋斗的希望,他们希望自己的不幸不要再在少年的身上延续。不是说出身不由己,道路可选择吗?父亲常常这样念叨着。因此,做过几年民办教师的父亲对少年的管教是极为苛刻和严格的。他期冀着少年读书成材,跳出农门,幸福而快乐地生活着。

清新的夜风吹拂下,少年的体温好像有所降低,父亲的体温却急剧地升起来!他呼呼地喘着粗气,汗珠子吧嗒吧嗒坠入夜风中,嘴里仍然在不停地喊着少年的名字,不停地说着各种各样的话头,以此引起少年的精神。少年呢,好像听见了父亲在风中的说话声,又好像没听见,始终不吱声。他不断地做梦,梦见被别人追赶,便拼命往空中飞,却又飞不动,回头一望,那追赶他的人就在脚下,伸出的手快要抓到他的脚杆了。他吓得直冒虚汗,心口堵得慌,想喊又喊不出。少年将头抬起,换过一边脸,又困了。父亲似乎感觉到少年的动静,心头一松,脚底下更快了。

到县医院一诊断,原来是急性扁桃体炎。打完针,吃过药,观察了一会儿后,医生又开了些药,说不需要住院,回去按时服药就行了。父亲将信将疑地背着少年踏上归程。

月亮终于升起来了。这是一条狭长的山路,皎洁的月光将斑驳的树影投射在路面上,黑森森的,有些吓人。父亲折下一条树枝,不停地扑打着前面的路。他仍旧背着少年,大声地唱着歌儿给自己壮胆。

也许是在县医院服下的那几粒白色药片见了效，少年的高烧渐渐地退了。真是好药啊！每次说起这一夜的经历时，父亲就显出很凝神的样子。但少年仍然不说话。父亲走一段，就停下来摸摸少年的额头。好了，好了，真的好了，他喃喃自语着。少年虽不想说话，大脑却越来越清醒。他一直在听父亲唱歌。洪湖水浪打浪呀，九九那个艳阳天呀，台湾同胞我的骨肉亲人呀……父亲音质纯正的中音唱得很有韵味、很温暖，少年很喜欢听。父亲唱一会儿，又摸摸少年的额头。每摸一次唱歌的嗓门就增大了一分。不知摸了多少次，少年烦了，抬起头朝父亲吼：别摸了！父亲却像被定了身一样，兀地站在那儿不动了。骤然而来的狂喜电流般贯通全身。他把少年放下来，捧着少年清白的脸仔仔细细地瞅着——

　　孩子，你能说话了？你终于说话了！你几天不说话了呢！再说一句给爹听听！好么？

　　少年故意要跟父亲作对：不说，不说，就不说，谁叫你平时总是打我、骂我，在生产队挨了斗，回家就拿我出气，就不说！

　　父亲忙说，我以后不打你了好么？不骂你了好么？随便他们怎么斗也不拿你出气了好么？

　　我不信，那次我撕了女同学的作业本折四角板，你还吊了我半边猪哩！要不是奶奶来救，还不被你打死了。

　　少年气鼓鼓地，像在开父亲的斗争会。

　　父亲嘿嘿地笑，像一个做了错事的孩子，浑身不自然地站在那儿。少年使劲拨开父亲的手，独自蹒跚着朝前走。父亲忙拖住少年。还是爹背你吧。谁要你背。少年甩开手又走了。少年的性情有点拗，这一点做父亲的是知道的。

　　父子俩一前一后，相映成趣地走在那条月光幽幽的山路上。

　　快到会子坳时，要经过一条叫琵琶背的山冲。这条山冲是专埋伤亡鬼的地方。少年害怕起来，他喊了一声爹，转身就扑进了父亲的怀里。

　　走上会子坳，就望见家里的那盏灯了。母亲还没睡呢。少年嫌父亲走得慢，拖紧父亲的手催父亲快点走。迷蒙中，听见父亲叫了一声：不

好像听见父亲在风中说话

好!就一晃一晃地摔倒了。少年赶紧去扶。父亲却一把拉过少年,并伸手在少年的胳肢窝里挠了一下,少年就咯咯咯地笑了起来。少年也不甘示弱,也舞着双手去挠父亲。父子俩在山道上嘻嘻哈哈地闹作一团。

人生的欢乐时光过得真快。

许多年后,2004年农历十一月初六,祸从天降,为少年遮挡了半世风雨的父亲竟然在家门口遭遇车祸,惨然倒下,再也没能爬起来。少年骤然感到自己的前胸和后背,一下子贴紧了人生路上的茫茫风寒。

有一夜,少年感冒发烧,又病了。昏昏沉沉中,少年好像又听见了父亲在风中的说话声,好像又和父亲一起,手牵手走在那条月光幽幽的山路上,笑着、闹着,翻过了一道道坡、跨过了一道道坎……醒来时才想起,父亲已经不在了,永远地不在了!眼里的泪水就如河上的秋水,彻夜儿流……

母性的早晨

早晨是母性的，或者说，它散发着母性的光泽。蛋青、蛋黄、乳白、绯红的早晨……从山谷中徐徐升起，在山尖上凝凝地滞停，而后顺着山坡流泻下来，徐徐地，笼盖大地、村庄、田野、河流，以及我的朦胧的木格窗，还有我的酣睡的稚气未脱的脸庞。它没有喊醒我，只是悄悄地覆盖我，使我的睡眠也散发出新鲜生动的气息，那是阳光的气息、青草的气息、露水的气息……

我在自己的一篇文章里，曾经这样描写早晨：

露水微凉的早晨，父亲在外面喊，以各种各样的理由，比如太阳晒屁股了、邻家的孩子已经去上学了、小孩子应该早睡早起等等。我知道父亲喊我的时候，正坐在窗外那条板凳上，凑着晨光往烟锅里窸窸窣窣填烟丝。烟是自家种的，瓦背上晒过稻草里捂过后切成丝，成色好，劲头足。父亲点上火，"吧嗒吧嗒"猛吸几口，烟锅里那一点暗红倏忽变得闪亮起来。蓦地想起什么，父亲就会冲我的房间喊。我知道父亲其实不在意我是否已经起床，他喊几句后，就会起身，扛着犁耙、牵着水牛走向晨光初现的田野。

每当这时，我会翻身起来，用手指蘸了口水，在窗纸上戳一个小小的洞，偷偷窥视外面的情况，看看父亲是否已走远，看看有没有再睡一会儿的可能。因为实实在在，我是一个有点贪睡的孩子。我在窗纸上戳过多少洞？数不清了。反正整个木格窗上，都布满了我的眼睛。

我窥见了什么？一个早晨，漾动的早晨。我的母亲，背对着我，在院子里晾衣服。这些衣服，母亲用肥皂水泡了一夜，天刚亮就用木桶提了，去双江河里漂洗，而后再提回来晾晒。母亲逆着光，哼

着歌,将衣服一件件抖开,晾在一根长长的绳索上。绳索沾满了阳光,远看去,像一根耀眼的光线。于是那些衣服,就晾在一根耀眼的光线上了。母亲哼的什么歌?我听不清。但是母亲哼着歌的时候,是快乐的,她的快乐一件一件地晾在院子里,滴着清澈的水珠。母亲也是美丽的,她梳着两只齐肩小辫,虽然已经生育,虽然有繁重的劳作,却丝毫也磨不走她的美丽。

我的朋友三伢子曾经对我说:你娘打扮一下还可以再嫁。他的本意是夸赞我的母亲,然而我生气了,我认为他亵渎了我的母亲。我对他吼道:你娘才要再嫁呢!他的嬉笑的脸顿时像茄子一样紫了。

许多个美丽的早晨,我都有这样的冲动:要对母亲来一场恶作剧,要把心爱的小人书送给太阳公公,条件是请他将那根耀眼的光线偷偷抽走——哗——歌谣塌方了!那些衣服,一部分被风吹到天上,飘展成朵朵云彩;一部分散落在大地,铺叠成遍地绿叶。而我的母亲,多么可笑啊!她不知道这世界发生了什么,愣愣地站在那,满脸狐疑,不知所措。然后,我迅速溜回床上,蒙头入睡,假装什么也不知道。

但是,母亲是忙碌的,没等我的幻想付诸行动,她就离开那儿了。因为,猪栏里的小畜生们在嗷嗷叫了,得赶紧切猪草、煮猪潲;鸡在圈里睏了一夜,也该喂食了。母亲打开圈门,往禾场坪里撒一把米,看大鸡小鸡争相啄食,像是欣赏一幅流动的淡墨水彩,母亲便吃吃地笑了;然后,对着竹筒吹亮火塘,淘米做饭。这火塘是母亲的责任田,一日三餐、三种三熟,炊烟是生生不息的早稻、中稻和晚稻。

母亲的气息在米汤水一样黏稠的晨光里飘荡,让我恍惚、温暖与沉醉。我知道这个时候,母亲是不会来喊我的,她有太多的事情要做,她的事情是怎么也做不完的。于是,我又盈漾着满腔的温暖沉沉睡去。

而忙碌了半天的母亲,这时还要挎着竹篮,去屋后的菜园。

在湘西南农村,菜园是女人的脸面。一个女人是勤是懒、是巧是拙,只要走进她家的菜园便知根知底了。平日里,薅草松土、浇水施肥,没少忙乎。而晨光濡染中的菜园,更添了几分生动:你看那露水洗过的青菜,齐茬茬吐绿;一根根丝瓜,颤悠悠滴翠;菜豌豆细巧如眉、四季葱馨香扑鼻……豆棍上、篱笆上,一根根弯来绕去的藤蔓像一脉脉细细的绿色航程,女人们内心的缤纷,全在藤蔓上静静悄悄地流淌着,流成鹅眉豆、扁豆、苦瓜、南瓜、丝瓜……母亲的双手就在这一大片蔬菜和瓜果中间,灵巧地摘取着生活。

待到日头升起两竿高了,母亲便站在门前那棵粗大的柚子树下,扯开嗓子喊父亲:收工喽——呷早饭喽——,中气充沛、天然未凿的嗓门宛如一面响锣,惊得树梢上麻雀子扑棱棱飞。

于是有长一声短一声的牛哞,从田坎脚冒出头,悠悠地应答而来。

这时,母亲就会跑到我的门外喊:你爹要回来了,还不快起床啊。故意压低的嗓音,仿佛是时光的合谋,清晰地传送到我的耳边。我一骨碌爬起来,提着裤子,哈欠连天地打开房门。

门外,母亲露水般生动的脸,布满了整个天空。

……

在这篇文章里,我浓墨重彩地写母亲,丝毫也没有贬低父亲的意思。父性是强大的,像隆起的山脉;母性则是宽广的,像绵延的大地,容纳着山脉在内的一切。母亲的气息在晨光中弥漫,无所不包,无微不至。早晨是母性的,母性是家园的,家园是大地的梦想。每天,父亲踏着门外那一条条山路,在梦想中游走。我知道有一天,我也会像父亲那样,踏着一条条山路,在梦想中游走,抵达母性的家园。

我迷恋那些温暖的早晨,就像迷恋母亲一样。我睡得那样踏实,是因为有母性的光泽护佑着我。无数个早晨蜂拥而来,在我的睫毛上翻跹,而后又飞走了。它们带走了一个少年无数个多彩的梦幻。

有一天,当我从梦中醒来,忽然感觉到异样——温暖的木板壁不见了,四面均是雪白无隙的墙;纸糊的木格窗也不复存在,取而代之的是明晃晃的铝合金窗,坚硬、脆冷,我无法再用手指戳一个洞,去偷窥时光的秘密了。

这是在哪里呢? 怎么没人喊我起床了呢?

我一惊而起,推开窗户,四顾都是车水马龙、高楼林立。才猛然醒悟自己又身处在一个陌生的城市,像一封疲惫的书信那样,躺在一个遥远的地址里,暂时无人收取。

哦,这些年,迫于生计,我孑然一身,四处漂泊,从一座城市到另一座城市,从一个现实到另一个现实。绞尽脑汁地算计和应对,使每天的早晨都变得异常坚硬、呆板,没有色彩。酣眠不再光顾,环生的险象夜半惊梦,使人寝食难安。这样的日子,将周而复始地延续下去,茫然无尽头……

我常常诧异,无论自己白天多么强悍,早晨醒来,却仍像个孩子,脆弱、纯净、渴望温存。而且,我渴望的温存是那种最原初的母性的温存。早晨是母性的。母性是家园的强大内核。我在晨起时显出的脆弱与纯净,表明了昨天的那些强悍,甚或一些龌龊,已经被无边无际的母性的早晨彻底地包容与消解了!

母亲老了,父亲去了。母性的早晨,母性的家园,什么时候重新布满我的天空? 如果那样,即使整座天空在门外叫醒,我也不会起来了,我会任其呼喊下去,我会像一条河流那样,永远地贪恋着大地,不再起床。

黄昏之岚

我家仓楼,遥对正在坠落的夕阳。

夕阳下面,是一面种满了蔬菜的山岗。由于大大小小的菜畦分属不同的人家,山岗上形成了格局不一的栅栏圈;或竹,或木,斑驳地透递着主人的脾性。夕晖融融地洒下来,风雨蚀黑了的栅栏多少显出几分悲壮。

"这一个心跳的日子终于来临/你夜的太息似的渐近的足音/我听得清不是林叶和夜风私语/麋鹿驰过苔径的细碎的蹄声……"

迷乱、浑浊、茫然、莫名的兴奋……这个敏感而令人心动的时刻,在我家仓楼上,岚偎依在我怀里,夕光和诗光同时降落在我们的内心,激动的晚霞荡漾在我们的脸上……我们沉浸在黄昏特有的情境里,以至于我的父亲走过窗前时我们都毫无察觉。但父亲肯定觉察到了忘形的我们,他留下一声重重的干咳。请原谅我的父亲,他是一位中庸而保守的农村知识分子,不主张年轻人放浪形骸。于是岚只好依依不舍地离开我的怀抱,踏着山岗上那条泛白的小路幽幽而去。岚的背影消失在山岗那边时,白昼这本大书也合上最后一页,天黑了下来。有时我颇为疑惑,仿佛是岚独自走进黑夜,而我依旧在黄昏这边徘徊。

与岚的相识相恋,缘于对文学共同的喜欢。

那年春天,我在县城参加就业前培训。那时我刚开始做文学梦,听说隔壁小班有位叫岚的女同学能写小说,很好奇,便托人约见,她爽快地答应了。当天中午,岚姗姗来到我的教室,几分钟的拘谨后,我们谈起了雨果、惠特曼、叶赛宁和冰心……

几次接触后,我对岚有了初步的了解。她比我大四岁,父亲是县里某单位的一把手。对文学的热爱,赋予了她浪漫的性格:热情、大方、健谈。

培训结束后,我收到岚寄来的一篇小说稿。我仔细读了三遍,觉得这篇小说尚有可推敲之处,便不揣浅陋,足足写了五页意见寄给她。她很快回信了。她对我赏析作品的能力表示出十分的惊讶,同时为能交到我这样一位坦诚的朋友感到庆幸。她的信写得很长、很动情……

　　接下来的日子,盼岚的来信成了我单调的乡村生活中的重要部分。有段时间,大约一个月没有收到岚的信,一股难以排遣的落寞便整日萦绕在我心头。

　　一天黄昏,我正在栏边踯躅,一个熟悉的身影从对面山岗上款款走下来。竟然是她?!我日思夜想的岚?!我不敢相信自己的眼睛,心咚咚地跳得像打鼓!原来,岚的姐姐在我们乡做团委书记,岚来看望姐姐,顺便告诉我县里一批单位准备招工的消息。我就汤下面,约请岚在姐姐这里住下来,一起复习迎考。岚腼笑着应了。临走,我心里一动,让岚等等。我拿出笔,在一本笔记本上迅速写下足以让人心跳加快的几个字,递给岚。岚看后满脸通红。我让她把那一页撕下来,她就慌里慌张撕了下来,转身一路小跑着走了。我很高兴我的成功——如果不是有意,她就不会撕下那一页了。

　　我们约定,白天各自复习功课,黄昏时岚来我家,谈诗论文,吟风弄月。

　　每天黄昏,西边的霞光映在岚俊俏的脸庞上,使岚显出几分沉静的古典的意味;黄昏也因了岚霞光缭绕的脸庞而显出几分妩媚与生动。我诧异岚与黄昏竟是如此水乳交融,让我对黄昏产生了无限热爱。黄昏的光线暗下来,岚的脸庞却像一轮明月,不懈地升起在我十八岁的夜空。

　　"在黄昏的微光里,有那清晨的鸟儿来到了我的沉默的鸟巢里。"

　　我的极富诗意的早恋感染了好友华、清、玉等人。他们痴迷地听完我的述说后,纷纷开始扫描身边的女性。"月上柳梢头,人约黄昏后"。古人描述的这种意境成了他们共同的神往。不同的是,三人的境遇相去甚远,充分反映出生活的多姿多彩。华在第十八次向初中同窗梅子表白心迹又遭婉拒后,心灰意冷,卷起铺盖去了广东;玉与乡林业站的燕经人撮合,水到渠成地走进了婚姻殿堂;唯有清将对爱的追求发挥

到极致,他为了追求我们村的女孩娥,说服弟兄,倾尽家资在娥家附近办起一个汽酒厂,清说他要用征服世界的方式来征服女人,无奈缘分自有天定,娥在父母的强力干预下远嫁他乡,清竹篮打水一场空。那段时光,三人常常踏着夕晖来到我家,互通境遇,或喜或悲的情绪,在黄昏的微光里闪耀。

终于,岚的父母知道了我和岚的恋情。

因为年龄,更因为家庭地位,我们遭到了岚全家狂风暴雨般的反对。那段时间,岚就像风雨中飘摇的一棵小草,多么渴望我能挺出男子汉的胸膛,让她靠一靠,给她勇气和力量。然而,年轻、幼稚、孤傲的我没有这样做。我为岚的全家对我的偏见愤懑不已,竟然不断地变着法子贬低她、伤害她……我们终于分手了。岚的父母给她找了一位军官,随了军,从我的生活中永远地离开了。

恍然想起那些痴缠的黄昏,岚走过我家对面的山岗,独自走进黑夜的那一幕,极像一种隐喻,浑然不觉地暗藏在我和岚不断抒写的爱恨缠绵里。结果真的是岚独自走了,而我依旧在黄昏这边徘徊。

一个人待在山冲里

　　山冲很静，就我一个人牵了牛来到这里。

　　沙田村有多少条这样的山冲？我想，可能谁也没有数过。人们都活得忙碌，谁有工夫去操这份闲心？

　　但有一点可以肯定：一条山冲的长度是许多人一生的长度！许多人一生在这里出没——种庄稼，砍柴，采草药，有时夜里还打着枞膏火把，去冬水田里照泥鳅、插了夜钩钓黄鳝……山冲里开谢了许多人的生命时光，嫩绿的、青葱的、枯黄的……死了就在梁上垒一堆黄土，然后被蓬勃的植被和时间湮没。

　　一个人待在山冲里，就是待在许多人的一生里。

　　这是五月的一个上午，一切都静悄悄。居然，就没有另外的人来到。

　　人们去哪里了呢？难道村里发生了很重大的事情么？

　　这种情景我还从未经历过。之前，总会在冲里遇到各种男女，扛着柴捆，或负着薯藤，点头一笑，擦肩而过。而那些小伙伴，也会相跟着将牛赶进来，然后席地而坐，听我眉飞色舞地讲三国、水浒或西游……耽于这一点，我在村里有着很高的知名度。

　　好长时间过去了，还没有一个人来。仿佛这个上午被人们遗忘了；或者说，这个上午，时光从我身上删减了之外的一切，让我成为我自己，让我与生命中这个绝无仅有的上午不期而遇。这是否是一种预谋呢？

　　牛儿已经爬到一面向阳的山坡上，埋头吃草了。我的耳边除了风声，就是牛儿扎扎的吃草声。

　　一个人静静地待在山冲里是个什么滋味？至今我仍然体味不清。

　　但是，我不是冲着体味这种滋味而来的。早知道这样，我就不来了。其实这样的山冲,真不适合一个人待。况且,我并不是一个能静下来的人。即使喧闹的场合,我也会想法儿弄点异音,吸引人们的耳膜和眼球。某个缭乱的黄昏,喜伯在双江河里裸泳,我悄悄地将他的衣裤藏了。喜伯游累后发现衣服不见了,索索地在水里泡到天黑才跑回家,而家门口却赫然摆着他的衣服,喜伯气得跳脚大骂。我却躲在不远处咻咻暗笑。我真的,不是一个能静下来的人。

又过了好长时间,还是没有人来。

我终于有了怯意,甚至有了马上离去的想法。

但我不能!我不能让满山的树木看出我的怯意,那是多没面子的事情———一个人被自己的内心打败了!我得坚持着,直到牛儿吃饱,顺理成章地回家。于是,我强迫自己去想一些壮胆的或者快乐的事情,来淡化心中的怯意。

起先想到的,无非是电影里某孤胆英雄深入虎穴的身影:飒飒雄姿,浑身是胆!然后想到的是真正的虎胆英雄武松打虎的场景:碗口般粗大的拳头狠命打下去,作恶累累的老虎终于奄奄一息……我还想到了什么?我的小伙伴们,还有我的好朋友"泥鳅",这时,他们仿佛都聚到了我周围。哦,我想说的是,"泥鳅"可真是有些能耐的———他知道阴阳五行;知道人在山里被蛇追咬时,不能往上跑,只能拐着弯往下跑;知道朝天冠的根茎能治痢疾,我母亲的痢疾就是他治好的。"泥鳅"在讲或做这些事时,显得很老成,一点儿不像个十几岁的少年。每当他说话,他的满口白牙就像乌云中的月亮,一闪,一闪……

我感到内心渐渐强大起来。我觉得应该制造点声音了。

"嗨——"我冲着山坡上埋头吃草的牛儿一声大喊。

"嗨——"山冲里訇然回响。

牛儿抬起头,茫然地看看我,看看四周,确定并无异常后,仍然低头吃草。

"嗨——"我又喊一声,牛儿又抬起头,茫然地看看我,看看四周,然后又低头吃草了。

山冲里却更加寂静了。

这是一种令人心慌的静!那静意绿绿的,好像就在眼前晃。我环顾

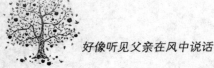

四周,原来满山的树叶上,熙熙攘攘地,不动声色地,挤满了绿,浓浓的,不能再浓的绿,再浓就要滴下来了。那绿也慌慌的,好像刚被人拿鞭子从地下赶上来似的,愣愣地、惊慌失措地挤在枝叶上,站也站不稳,每一片树叶都挤得满满的,却又拼命坚持着,不肯掉落下来。这情景,让我想起乡电影队来村里放露天电影,树杈上、篮球架上……到处挤满了人。

我如果再喊下去,山冲里会是个什么样子呢?

然而我不再出声。这么静的山冲,其实是适合于安静地思想的。虽然我不是思想的年龄,但我总可以利用这个上午安静的时光,想些简单的事情,想些小小的幸福或忧伤。而且我相信,跟人一样,山冲里的树木也是会想事情的。一根枝条,一片树叶,都可能是一个念头或一点幻想。念头与幻想一多,树就变得葱茏起来。人呢,想法多了,人的样子就想出来了。

牛儿在山坡上走失

> 母亲,我们的牛儿在山坡上走失了
> 那是在柔和的黄昏
> 我被一只蝴蝶惊人的美丽所吸引
> 目光随蝶翼在草叶上翩翩起落
> 这时,我们的牛儿走失了……

我曾写过一首诗,记述过一个焦灼和迷乱的黄昏。

那天,小妹泪流满面跑回家:我们的牛儿在雷打溪走失了!

如果我没记错,小妹已经是第三次这样花容失色地跑回家了——

第一次是牛儿失足,掉进一个猎人捕野猪的大土坑里;第二次是牛儿迷路,在山林里四处乱窜……每次,都是在迷乱的黄昏!

雷打溪是一道狭长的山冲,一条清溪牵着一群深浅不一的水田迤逦而出。山冲两边,凹凸着大大小小的山坡。晴明的日子,山坡上阳光如酒、青草如海、野花如梦,小妹正是如花的年龄,睫毛上露水明亮,满山的野花缭乱了双眼——金银花、杜鹃花、喇叭花、蒲公英……这儿一丛,那儿一簇,姹紫嫣红,争奇斗艳。还有彩蝶与鸟雀,扑闪翻飞,轻灵悠扬。爱美的小妹于是任牛儿在草坡上厮磨,自己则在花丛中痴迷……

我们的牛儿,骨架小,且不怎么健壮,幼时与别的牛较力,不敌对手,右腹被对手用尖角挑破,肠子露出来了,伤愈后腹外胀出一个小包,兜住外露的那部分肠子。人家的牛儿勇武健壮,自家的牛儿却如此弱小,这一点常常让我颇为遗憾。但就是这样一头弱小的牛儿,却肩负着七亩多水田的耕耘重任,而且在这一点上,它丝毫也不比别的牛儿差。布谷鸟催春的时节,只要父亲手里的竹枝稍稍一扬,拖犁拽耙的牛

儿就会昂首撒蹄,一路狂奔。因此,我们全家对牛儿都是十分怜爱的。农闲时,牛儿便与小妹厮守,在雷打溪的山岭间流连。牛儿很听小妹的话,常常是,小妹让它在哪吃草,它就老老实实待在那儿。小妹却满山遍岭地游玩去了。回来时,肚腹滚圆的牛儿准会在原地等她。于是,小妹放牛的日子便充满了轻灵的山野之乐。

> 我们的牛儿
> 鼻孔扑扑地喷着粗气
> 拽着开春的犁耙在阳光下翻晒
> 一床又一床逾冬的泥土被
> 渐渐地,父亲扶犁的手开始返青
> 吆喝声一飞出嗓眼
> 就飘扬成四山招展的绿叶……

可是,就在小妹追花恋蝶的美好时分,我们的牛儿却在山坡上走失了!

生活总是这样,往往在你不经意时,突然凸现出它的另一面。

其时,父亲正弯腰劈柴,夕晖将他的身影濡染成刚劲的古铜色。

父亲直起身,脸色铁青。显然,父亲生气了,他肯定恼怒小妹,总是把牛儿看丢,偏偏又是在暮色凝重的黄昏!在乡村,黄昏具有特别的含义。黄昏是白昼通向黑夜的过渡地带。在这个地带,一切事情都得抓紧,一切节奏都要加快。如果把一天比作一个赛场,人们从清晨起跑,跨过上午、中午和下午的栏杆,现在已经进入最后的百米冲刺了。偏偏在这个节骨眼上,我们的牛儿丢失了。是不是因为节奏的改变,紧张和忙乱,短暂地失去秩序的生活便一定要上演些喜剧与悲剧给这个世界呢?在黄昏。

我和小妹都不敢说话,只愣愣地看着父亲。

父亲取出柴刀,拿了枞膏,一声不吭地走出家门。我和小妹赶紧跟了去。

黄昏的光线越来越暗。小妹害怕地拽住我的手。柔弱的小妹让我陡增了回应的力量和胆量。我拽紧小妹的手,若无其事地跟着父亲往前走。

父亲划亮火柴,点燃枞膏火把。光焰之上,浓黑的柴烟一绺一绺地飘向浩渺夜空。我们一路捏挤着鼻子,模仿着牛哞声,对两边的山岭发出阵阵呼唤——这是最为有效的方法,前两次我们就是这样找到了困倦中的牛儿。

焦灼和忧虑取代了对黑夜的恐惧。我们呼唤得口干舌燥,却始终未传来牛儿的应答声。作为惹祸者,小妹急得抽泣起来。父亲心烦急躁地骂道:"再哭就把你丢在这里。"小妹的哭声戛然而止。

我们在前两次找到牛儿的地方和小妹下午放牛的地方细细搜寻,结果仍然令人失望。父亲又气又恼,怒冲冲地对小妹说:"要是牛儿找不到,你也别读书了,就在家里种田算了。"小妹"哇"地一声又哭了。

牛儿去了哪里呢?难道是草坡上那片愣头愣脑的风,偷偷藏起了回家的路线?难道是落日这句编得很圆的谎言,诱惑牛儿陷入了一座不露声色的密林?难道牛儿和我们,正面临一场不可预见的厄运?

我的目光不停地在黑漆漆的山岭间逡巡。夜幕中的山岭沉默不语。夜色像一个巨大的壳,将一切严严实实地包裹起来,里边肯定,就有我们的牛儿。我真想用一把锤子狠命地敲碎这夜色,然后将层叠包裹中的牛儿牵出来,让满脸泪花的小妹转瞬间绽开灿烂的笑容。

牛儿在山坡上走失
母亲,请你相信
我手中熊熊的枞膏火把
定会将厄运般的夜色烧开一个缺口
升腾为迷人的朝霞
那时,我就会找到在困倦中熟睡的牛儿
拍拍它坚硬的犄角,说:
早上好,牛儿……

就在我们山穷水尽、束手无策之际,几蓬烁烁的枞膏火从冲口袅袅娜娜地飘进来，高高低低的喊声也越来越近——母亲和三婶她们来了。

母亲是来寻我们回家的。

母亲说，天黑时分，我们的牛儿已从小路独自回家了。

在这个迷乱的黄昏，习惯了在黄昏时分回家的牛儿跟我们开了个不大不小的玩笑！

遭遇蚂蚁

好几次,我被蚂蚁所吓——

我在野地开荒,刚挖开一截腐朽的树苑,树苑下蓦地涌出一窝蚂蚁,身子大且黑,疯狂地朝我脚边奔来,有好几只已经爬上了脚背。这种蚂蚁被称为"蛇夹蚂蚁",蜇人最厉害,我吓得抬脚就跑。过后再回原处,蚂蚁已杳无踪影。

我在山上砍柴,晃动的树冠上,横空扑落一群蚂蚁,我一身惊汗慌忙躲闪。那些蚂蚁落地后,尾巴一翘一翘,悠然自得地跳跃着飞走了——这是我唯一一次见到会飞的蚂蚁。慌乱中,没有看清它们的颜色。

野地午餐后,我在浸满阳光的草地午寐,享受着融融的暖意。大腿上忽然起了痒痒的感觉。我抬起身,挽起裤管正欲抓挠,却看到好几只黄蚂蚁在腿上愣头愣脑地爬行。而在我的身边,成群结队的蚂蚁正抬着掉落的饭粒缓缓而行。我大惊,假如自己沉睡不醒,说不定也会被蚂蚁从人世间抬走……

一个男人被蚂蚁所吓,是不是显得胆儿太小,太可笑呢?是不是倒显出蚂蚁的胆大了。我并非一个胆小之人。我曾在伸手不见五指的暗夜,亮着手电、执着柴杖独自翻越好几座坟茔遍野的大山。我的胆量来自于思想的警惕和物资的准备。而蚂蚁的出现,总是那样出其不意、猝不及防。

很多次,我看见一队队蚂蚁抬着一具虫尸、一截朽枝、一片腐叶……欢快地穿过山岗和丘陵,在地表消失。我仔细观察过它们的行动,井然有序,配合极为默契。它们没有语言和声音,仅凭一点信息素便能准确地找到猎物,并迅速实施搬运。它们与大地关系密切。仿佛,它们就是大地派出的搬运工,专门负责清理时光的废墟。时光是个什么概念呢？就好像一棵草，从绽芽到抽枝、展叶、发翠，这时，大地上草木葳蕤，时光是汁液饱满、无懈可击的。然而，当草叶黄了，当青枝枯了，当翠绿终于坚持不住、点点滴滴地泄漏了，时光的建筑就开始崩塌了。这时，守候在阴暗处的蚂蚁来了。它们见什么搬什么，在大地上自由进出，如入无人之境。

有一天我突然发现，大地上无孔不入的竟然不是风而是蚂蚁时，我为这个发现惊愕了半天。其时我已离开乡村，也自以为从此离开了大地上的蚂蚁，住进了城里的高楼。某天早晨出门，我将一只吃剩的苹果随手丢在窗台上。下班回家，却发现苹果上爬满了细小的蚂蚁，它们沉醉在苹果香甜的气息里，一动不动，丝毫也没有察觉到我的到来；或者，它们根本就不理会我的到来——幼小的蚂蚁再一次展现了它们惊人的胆量。我惊呆了！当我缓过神来，用手轻轻触动苹果，它们就无声地弥散，在不远处呆望一阵，判定并无危险后又涌向苹果。

哪里来的这么多蚂蚁呢？我环顾着严密的门窗和光洁的墙壁，妄图找出使蚂蚁乘虚而入的缝隙。结果是失望的。我倒了一杯开水，浇在苹果上。水汽冉冉处，众多蚂蚁猝然赴死。

一群蚂蚁的造访引起了我的恐慌。这么多年过去，想不到蚂蚁竟然长驱直入，又出现在我的生活中。

一定有了漏洞和疏忽！很长时间，我疑神疑鬼，开始怀疑自己生活的坚固性。虽然我还不能判定漏洞和疏忽是来自于现实还是内心，但我相信我的怀疑是有根据的。一只完好的苹果当然不会招来蚂蚁，然而它破损了，内部的香气无可阻挡，蚂蚁就会闻香而动，乘机而上。看来，必须对自己的生活严查跑冒滴漏了。否则，胆大包天、无孔不入的蚂蚁就会进入，筑巢、摧厦、毁堤……

水 马

水马非马,是我对水里涟漪的叫法。当我将这种叫法传达给一个叫烟的女生,并得到她的认同时,我为自己的独创性而激动万分。

我们是在双江河的一处水潭边,注视着涟漪,一圈圈,从上游漂下来,驮着一片树叶、一根枯枝、一缕草茎、一朵落红抑或别的什么,打着旋儿悠悠漂来。它的旋尤其好看,原本大大的圈,渐渐地越旋越小,越旋越小,小到像一个肚脐眼时,又大了,越漂越大,越漂越大,如果有风适时推动,它就会扩大成一张平展展的河面,平展展的,先前的皱褶全展平了。

这个季节,河水是丰盈的,丰盈的河水滋养出一片蒙蒙烟霞,浮在水面。若是秋天,就见不到这般景致。那时,空中总浮游着无数不明飞行物,浑浊的天光使河面泛起了铁锈一样的斑点。

如烟似霞,烟是一个漂亮女生。烟是我对她的叫法,因为她漂亮。她甚至不知道我这样叫她。因为,我从未叫过她。

我与烟同在村小读书。我三年级,她五年级。在学校,烟其实是一个很霸道的女生,霸道到什么程度?简单点儿说,就是那种能欺负男生的女生。我曾亲眼看到烟和一帮女生欺负一个男生。具体过程我不作描述,但那男生可怜兮兮的样子很让我生气。我以为他太不像男生了。我从此看不起他。

我认为,烟霸道,是因为她漂亮,男生们都让着她而已。是不是漂亮的女生都这样呢?因为烟,还因为内向,我对漂亮或不漂亮的女生都敬而远之。比如,我与杨小梅同桌一学期,竟然没说过一句话,如今想起来,她长什么样我都记不清了。唯一的一次交流是期末考试,我正在紧张答题,忽觉右肘被撞了一下,转过脸一看,是杨小梅,她示意我将试卷敞开些,以便她能看到答案。我自然照办了,毕竟是同桌嘛。

那段时间，父母闹离婚。父亲经常向我摆出这样一个问题：跟他还是跟母亲？我十分无奈又十分痛苦地面对这样的问题。硝烟弥漫的家庭氛围使我的情绪异常低落，甚至有了深深的自卑，我不知道怎样解脱自己。每天放学，我不想回家，一个人待在途经的水潭边，脚泡在水里，看霞光掩映的长天，看烟岚迷濛的远山。就在这时，我注意到了平日熟视无睹的涟漪，忽然对涟漪产生了特别的感觉——水马，一个新鲜名词在心中油然泛起。我觉得这些涟漪酷肖一匹匹水马，从上游奔腾跌宕的急流中跃出，奔至水潭时，蓦地勒住马头，沉隐于碧波深处，直到水潭下游与浅滩的连接处，才又冒出头，嘶鸣着跃向急流。水马水马，驾驾驾驾，那些驮在水马上的树叶、枯枝、草茎、落红等等，多么像我落寞的心情，在黄昏的微光里乘波泛浪，打马而去。我想，那些东西都是有福的，它们将由水马驮送到落日尽头，一个美好的没有忧愁的地方去。

我终日愁眉苦脸的样子引起了烟的注意。一天，烟找到我，很认真地对我说她要保护我。她认定我是一个胆怯而懦弱的男生！

烟错了！烟的错误在于她太过自信。她的话在我听来仿佛奇耻大辱！我愤怒地对她吼道："谁要你保护?！见你的鬼去吧！"吼完就甩着书包跑了。

烟愣愣地待在那里，她想不到自己会是一厢情愿，更想不到会有人对她如此说话，这简直就是对她的蔑视了。

我也想不到在烟眼里，自己竟是一个如此懦弱的形象，懦弱到要靠一个女生来保护！我跑到水潭边，坐在一块岩石上大哭起来。

烟来了，与我并排坐下来。

我揩干眼泪，欲起身离去。烟说话了。烟说她知道了我家的事，特来向我说声对不起。烟说她从未向谁说过对不起。烟的话青青的嫩嫩的，像河边依依的小柳叶，在如烟的霞光里飘忽。烟说话时，眼睛没有看我，看着别处。此时的烟如同眼前的一湾碧水，没了先前的喧闹，柔柔地静下来。

静下来的烟更好看了，脸庞映着霞光，红红的，呈现出一副异常姣美的轮廓。我的心情骤然好起来。我原谅了烟。我看着烟，想说点什么。

但在美丽的烟面前,却不知说什么好。嗫嚅间,我竟然说出了水马。

"水马?"烟不解地看着我。

恰巧一圈涟漪漂过来,我赶紧借机阐明了我赋予涟漪的这一叫法。

烟惊喜地接受了我的叫法。"真像啊!"她感叹,并说以后天天陪我看水马。

烟的肯定使我大受鼓舞!我蓦地振奋起来,面对夕阳大声呼喊:"要离婚你们离去吧——我不在乎——我有水马了——"

烟忙捂住我的嘴巴。

烟没有食言,每天一放学,她就陪我坐在双江河边看水马。西边的霞光映在烟姣美的脸庞上,使烟显出几分沉静的与年龄不相符的意味;黄昏也因了烟霞光缭绕的脸庞而显出几分妩媚与生动。我诧异平日闹动的烟与黄昏竟是如此的水乳交融,让我对黄昏产生了无比热爱。

烟毕竟是爱闹的女孩,坐久了坐不住了,便去折来柳枝赶水马。

"啪——啪——啪——"柳枝打在一圈圈涟漪后面,涟漪急遽地漾动着。烟边打边喊:"驾——驾——驾——"那些涟漪真的就起起伏伏地跑起来。烟乐得哈哈大笑。烟的快乐感染了我,我不再沉溺于先前的烦恼了。

有一次,烟静下来,很神往地说:"要是能骑着水马去远方,那才好啊!"

是啊,骑着水马去远方,真好!我也跟着烟痴了起来……

烟的话差点儿应验了!这个小巫婆,差点儿真的骑着水马去了远方!

两个月后的一天,瓢泼大雨下得昏天黑地,直到黄昏才停歇。双江河的水位骤然上涨,滚滚洪涛肆意汪洋。

断黑时分,一声凄厉的哭喊划破了厚重的天幕:"快来人哪——快来救我的孩子啊——快来人哪——"

原来,烟的母亲见雨点儿小了,便带了烟去河边洗猪菜。不留神一撮菜叶被水波泛了开去,烟忙伸手去抓,却整个人掉进了滚滚洪水中……

人们纷纷冲出家门——我也狂喊着跟在大人后面跑。那天,整个世界都疯了!

人们在双江河不远处的一个洄水湾里找到了烟。

烟得救了!肚腹滚圆的烟被倒按在一架木马上,哇啦哇啦地吐了满地黄水。

烟的父母再也不准烟去河边玩了。烟再也不能陪我看水马了!

打那以后,烟像变了个人似的,落水重生的她终日捧着书本发愤图强,不再是先前那个闹动的女生了。后来,烟考上了县里的重点中学,我们便很难见面了。再后来,烟又考上了北方一所著名的大学,我们便更难见面了。

就在烟落水得救后不久,我的生活也出现了转机:经过亲友们劝和,父母终于没有离婚!像两匹奔腾的水马,忽然间停止了嘶鸣,紧张的涟漪一圈圈弥散,扩大成了平展展的河面,家的港湾里,呈现出一派宁静祥和的气象。我没有理由再流连于双江河边。水马固然诱人,家的温暖更具魅力。黄昏的天幕下,一只小鸟欢快地鸣叫着翩然回巢。

水马水马,眨眼成了往事,如烟。

火　笑

　　火塘里,新添的柴火在哧哧地窃笑。

　　这是一个具有典型的湘西南山区特色的火塘——黄泥垒成的灶台中心,凹下去一个圆圈,就形成了火塘;依着火塘,衬出一个高于灶台的三角铁架,铁架顶部也是一个空心圆圈,用于放鼎罐、菜锅等用具。灶台是方形的,约有几平米见方,南边和东边分别放有长条木凳,数九严寒,一家人坐在木凳上,围着火塘取暖,讲白话。由于火塘是敞开式的,刚生火时屋子里往往会浓烟弥漫,火焰蓬勃后才消停下来。时间长了,屋子四壁都被柴烟熏得黑黑的。山里人利用这一点,每年腊八节过后,将新杀的肥猪剁成块儿,撒上盐,挂在屋子四壁让烟火熏成腊肉。来年油菜花开的时节,壁上的腊肉就变得油亮飘香、逗人馋涎了。

　　红亮的火塘里,一朵钢蓝色的小火焰兀地从柴丛里哧哧地绽放,像极了一张骤然盛开的笑脸——这就是人们常说的"火笑"。俗话说:生柴燃猛火,猛火要柴多。猛火中往往会分蘖出火焰的笑脸。难怪母亲会一次次顶着寒风,去门外抱了生柴塞进火塘里。母亲的行为是否有点故意呢? 为了猎取"火笑"么? 她不断地往火塘里添生柴,不断地添……火塘里于是笑得更加烂漫了,与屋外冰天雪地的景象形成了鲜明的对比。

　　按照山里人的观念,"火笑"意味着有人要到家里来。而且,来人会给家里带来好消息。因而在山里,"火笑"往往被视为福音。

　　于是,哧哧哧哧的"火笑"声中,母亲说:"要来人了。"

　　谁会到家里来呢,在这样的时候。大雪封山已经三天了。我们的小木屋蹲在雪窝里,瑟瑟地缩着肩,像一朵又大又白的蘑菇。矮矮的屋檐下吊满了冰凌,寒森森闪光。对面的山林那边,佝偻的冬天伸着长颈鹿那样长长的脖子,不停地咳嗽。每咳一声,受惊的寒风就颤颤地在山林

里呼呼乱窜。

但母亲仍然固执地念叨："要来人了……"

于是,这个寒冷而温暖的冬夜,我和妹妹偎依在母亲身边,在母亲的念叨下飘摇起来,对这个即将到来的人展开了热烈的想象——

妹妹说,可能是大舅。大舅精通草药,他的家里,只要是空余的地方,就摊满了新采的黄连、野菊花、青木香、车前草……一年四季,植物的清香缭绕着大舅,他神采焕发地走东奔西,采英撷华,调风配雨,把自己酿成了一味良药,去治愈人间的疾病。有一年,母亲患痢疾,病恹恹地瘫坐在火塘边。父亲去喊大舅,不巧大舅出诊去了,更不巧的是家里人都不知大舅出诊何方。父亲久等不到,只好回家。眼看母亲一点点地沉迷。这时,火塘里哧哧地"火笑"。不一会儿,大舅如风而至。三剂汤药下肚,母亲很快就精神焕发。这几天,母亲的风湿病发作了,莫非大舅心灵感应,正突破风雪急赶而来……

但我觉得不会是大舅,母亲的病并不重,大舅肯定感应不到。我认为来人可能是伯父。伯父年轻时在北方当兵,转业后到县里的木材公司上班,算是吃公家饭的人,对我们家十分关顾,会经常带些日用品来看我们。伯父对我也非常好,但又非常严厉。每次跟他在一起,他总要对我敦敦教诲,但凡得知我有点滴不轨必会痛斥。他希望我能够诚实做人、读书成材。可以说,在我的少年时期,伯父对我的教育和影响远远超过了父亲。

妹妹却坚持是大舅,说这么大的雪,伯父骑不了自行车,肯定不会来。我说你怎么那么傻呢?伯父当兵时就有一双火红色的长马靴,穿上它,多大的风雪也能踩在脚下!况且,以前的好几次"火笑",都是伯父来了。

听到我和妹妹争论,母亲说你们不用争了,大舅和伯父才不来呢,这么大的雪,况且这时候人家都有事情。母亲边说边往火塘里塞柴火。

那么,会是谁来呢?我们顿时陷入了沉默。

但无论如何,肯定会有人来的,要不"火笑"就不会这么热烈了。不管是谁,只要有人来就好了,有人来就有故事,有故事就有精彩,有精彩就有诱惑,我和妹妹都是渴望诱惑的年龄。时光在我们前面,伏设下

了几多神秘和未知啊！

"吱呀"一声,紧闭的门赫然裂开一条缝。

我们蓦然抬头—— 一缕寒风探着身子仄了进来。

母亲叹口气,索性起身打开门张望。

门外,雪花一片盖过一片。山地的缄默,巨大而庄重。这样的隆冬,一定有什么事情在远处悄悄地改变着。

大雪封山已经三天了！ 你们就不想想你们的父亲么？母亲幽怨地说。

直到这时,我们才想起,我们的父亲,三天前跟他的同伴进山狩猎去了。

大雪封山已经三天了啊！

大雪阻断了道路,笼罩了山林,冻僵了河流……大雪改变了大地上的一切！

但是,大雪再大、再凶,跟我们的父亲会有什么关系呢？即便大雪是一场厄运,厄运又怎么会与我们的父亲有关呢？我们压根就不会将这场大雪跟我们快乐而勇敢的父亲联系起来。我们安慰母亲:父亲一定会平安归来的！

我们对母亲说:你知道狩猎是多么快乐的事情么？每次狩猎回来,父亲就会告诉我们,在冬日的山林里狩猎可有趣了,那些麂子、野兔和山鸡,被寒风吹得一愣一愣的,特别是麂子,躲在大枫树背后,痴呆的眼睛傻乎乎盯着前面的山坡,它丝毫也没有察觉到,有枝猎枪早已瞄准了它……哦,父亲不告诉你这些,他是怕你也要跟着去,不是还有我们要照顾么？

我们对母亲说:你知道我们的父亲有多勇敢么？有一次,他翻山越岭追赶一只野兔,前面有一道深涧,涧上有一座木桥,那只野兔从桥上跑过去了,父亲追过桥时,桥却突然断裂——情急中,父亲抓住岩壁上的一根粗藤,两脚朝岩壁奋力一蹬,腾身跃上了对面的悬崖……哦,父亲不告诉你这些,他是怕你担惊受怕,夜里睡不安稳;况且,勇敢的他总是会绝处逢生的。

我们对母亲说:你知道父亲这次要打多少猎物回来么？告诉你吧,

两只麂子,五只野兔,还有十只山鸡。父亲说,留一只麂子、一只野兔、两只山鸡过年吃,其余的都拿到镇上去卖了,换成钱……哦,父亲不告诉你这些,他是想给你一个惊喜!

我们对母亲说:你知道……

哦,母亲,该说的我们都已经跟你说了,我们把父亲的秘密全告诉你了,你为何还要静若止水、默不作声呢?有什么难言的忧愁?

你难道没有看见,火塘里的柴火正在哧哧地窃笑么?

你难道不知道,火塘里的柴火正在笑什么?

它们在笑你傻,它们在笑你竟然不知道家里马上就要来人了,竟然不知道我们的父亲正在平安归来!

姐 姐

那年秋天,父亲说我命大,他的命压不住,要认一位"亲爷",我才能长命。

认"亲爷"就是拜干爹的意思,在湘西南农村,凡是命大的孩子都认有"亲爷",来充当自己命运的保护神。

父亲相来相去,最后选定了他的一位初中同学做我的"亲爷",并择定"亲爷"四十岁生日那天上门去拜认。

"亲爷"是隔山苗乡人。苗族人的野蛮和种种令人毛骨悚然的习俗诸如"上刀山"、"下火海"、"烫新郎"之类我早有耳闻,因此,一听说"亲爷"是苗族人,我脑海里顿时浮现出一尊眼似铜铃、肌像山丘、嗓如粗藤的鲁莽孔武的形象。我坚决不同意父亲的决定,即便父亲对"亲爷"作了许多截然不同的描述。

但父亲还是以父亲的威严压住了我。

于是,踩着遍地疏朗错落的十月阳光,我们就上路了。

秋日的天空爽洁而高远,一只苍鹭弓出脊背,悠然地擦着那一片阔大的蔚蓝。父亲和我一前一后,相映成趣地走在一个少年幽幽的心情之中。

转过两个弯,再翻过一道鱼脊状的山坡,就到了镇上。苗乡虽与我们山水相连,但因积习迥异,往来无多,交通上颇费周折。父亲拉着我挤上了一辆长途客车。一路颠簸,我除了因晕车而翻江倒海地"哇啦哇啦"了一阵外,终是不与父亲说过一句话。昏昏沉沉中,父亲拉着我下了车。"亲爷"的家却还在十五里外的深山窝里。

仍旧是莽莽苍苍的群山,仍旧是碎石铺就的机耕路。

因为晕车,我头疼得厉害。于是走走停停地不知过了多久,一条白亮的大河蓦地横在眼前。时值午后,白花花的阳光大朵小朵地开在暖

85

融融的水面上,脆薄的秋光被宽阔的河面拉扯得益发辽远。我阴郁了半天的心情骤然明亮起来。父亲说,过了河就到了。河那边,黛青色的山峦下卧着一线灰蒙蒙的屋脊。

快进屋时,我突然紧张起来。我不知道自己的生活将从此翻开怎样的一页。

院子里聚集着许多人,一齐用好奇的目光打量着我们。众目睽睽下,我的头皮开始发麻。一位瘦高老者喊道:客来了——。

侧房里,一个文质彬彬的中年人应声而出——这大概就是我将要拜认的"亲爷"了。不知怎地,心存偏见的我竟在心里一下子就接受了他。

父亲上前与他们嘀咕了一阵,就拉我到一边,如此这般地将拜认礼节告诉我。接着,那老者在神龛上装香、烧纸钱、请祖宗,而后搬出一条板凳,让那个中年人和一个中年妇女端坐好。随即,老者向我招手。我忙上前,双膝跪地,叩了三个响头,冲那俩人喊:"亲爷、亲娘。"亲爷亲娘笑眯眯地应了,双双起身扶起我,并将一只细花洋碗和一双筷子交给我,意为端了爷娘的碗,要服爷娘管。

拜认仪式结束后,亲爷就把他的一子三女叫来与我相认。

从此,我便多了一个大我三岁的姐姐和一个弟弟两个妹妹。我们五个人立即手牵手,像一窝雏鸟般跳出门槛,扑棱棱飞向河边那片铺满阳光的草滩。

在一片洁净的草地上,我们围成一个圈,席地而坐。

简短的交流后,五个人的性情便彰显无遗。姐姐开朗、爱笑,一笑凹出两盏酒窝,里边盛满了无拘无束的少年情怀;我则腼腆、内敛;弟弟顽皮、好捣乱;两个妹妹宁静怡然,仿佛两朵很遂人意的花儿,静静地绽开,静静地烂漫。

因为年龄的缘故,姐姐是我们当然的首领。

她首先用苗腔味很浓的客话教我说苗语——

吃饭——爷板;

妈妈——阿;

去哪里——洗脚地;

洗澡——坐赛；

小朋友——那那恩；

……

    土腔土调的苗语学起来虽然拗口，却因了姐姐灿烂的教授，使我借此很快就融进了苗乡这片明丽的山水之中。我惊诧于相同的意思，却是那样奇异的表达，如果连贯起来，简直如闻异域之音。我结结巴巴的学舌，不时惹得姐姐前俯后仰，格格格格的笑声在明朗的河滩上尽情地翻滚。

    而后，姐姐说：抛子吧。

    弟妹们于是雀跃着四散。

    不一会儿，几只盛满白石子的小手掌颤悠悠地捧到了姐姐跟前。姐姐从中挑选了十来颗均匀圆泛些的，去河水里洗净后便撒开在地，率先抛起来。

    "抛子"是山里孩子最喜爱的一种游戏——把白石子撒在地上，捡一颗抛向空中，再捡下一颗抛向空中……在抛下一颗的同时要接住落下来的上一颗，直到全部接在手中，再将石子一齐抛，落下时迅即翻过手背满满接住，而后又将手背一抛，反手再将石子全部抓在手中，一颗都不能掉，如果掉落了，就算输，要打手板。

    姐姐抛子的手法很连贯，整个过程如行云流水，一气呵成，看得我眼花缭乱。那天我好像笨手笨脚地老是挨打。

    沉静而深远的蓝天上，白云像一册未经装订的书页，被风的手指悠闲地翻动着。几只鸟儿在头顶啼叫了几声，就远远地翩飞了。不远处的巫水河老谋深算地终日流淌着静谧和幽深，仿佛有很多秘密被它掌握着。比如昨天还素昧平生的几个少年，耽于某种机缘今日却成了姊妹兄弟，这是多么奇异的一件事情啊！要是所有的人都能这样成为亲人，这世界该有多么温情和美妙！

    五个人当中，我与性情开朗的姐姐贴得最近。亲近与陌生，使我们有缘成为彼此的窗口，各自为对方打开了另一个别开生面的世界。

    在让我稍稍熟谙了苗乡风物后，姐姐忽然关注起我身后的那个世界来。

你们那里有窨子屋吗？她歪着头问。

什么窨子屋？我一头雾水。

她返身指指山脚下那线屋脊。

哦，就是这种砖墙为表、木楼为里的房子。我摇摇头。我们那里的房子都是木头做的，四排三间，两层瓦檐，麻雀喜欢在瓦檐下筑巢。

有这么大这么深的河吗？十二副箩索都吊不到底呢！她指指前面的巫水河。

在粼粼漾漾的巫水河面前，我的那条溪流般大、泥洼样深的双江河实在是底气不足。我垂下头。

姐姐兴奋起来，竹筒倒豆子般哗啦哗啦地倒个不停——蒸笼肉有吗？万花茶有吗？三眼铳有吗？定远桥有吗？——

没有没有没有——我一个劲儿地摇头。

与特色浓郁的苗乡风物相比，我家乡的景观委实普通了些。

姐姐和弟妹们互相望了望，异口同声地说：你们那里，不好！

我的头垂得更低了。

但很快，我想到了距我家乡不足十里的镇上，想到了镇上喷香的炸油条、糯米黏米豆粉做的马打滚、沁甜的冰棒、氮肥厂耸入云天的烟囱、书香四溢的新华书店——

你们苗乡，有吗？我终于抬起头。

方才还兴高采烈的姐姐和弟妹们迅即沉默下来，小脸上堆出凝然的神色，山外的未知世界在她们心里骤然变得神秘起来。

晚饭后，亲爷与父亲均有些醉意。

弟妹们已睡了。我也伏在父亲膝盖上昏昏欲睡。只有姐姐精神抖擞，帮着亲娘做这做那。父亲看着忙忙碌碌的姐姐，连声夸她懂事、能干！亲爷却石破天惊地对父亲说：将来孩子大了，我这三个女儿随你挑。父亲忙说：不妥吧，已经是一家人了。亲爷摸着头想了想，不置可否地笑了。

后来我才知道，父亲当时嘴上虽这么说，心里却早相中了姐姐。从亲爷家回来后的一天深夜，我一觉醒来，听到隔壁屋里父亲和母亲还在说话，索性竖起耳朵偷听——

还是他大女儿好,做事麻利,又明事理,是个好帮手哩,虽然大三岁,但老古话不是说女大三抱金砖么。父亲说。

随你吧。母亲咻咻地笑。

我心里全明白了。

翌日,母亲边纳鞋垫边对预备去上学的我说:崽呵,你还是根懵懂虫呢,昨夜你爹跟我商量过了,若是你将来考不上大学,就把亲爷家的姐姐说给你做老婆子好么?

我脸一红,甩着书包一路小跑着走开了。

眨眼到了农历年底,铅色的云霭终日贴在天幕上,年的氛围在村子里游移。

大人们紧张而兴奋地忙碌着——打糍粑、杀过年猪、炕腊肉、烘猪血丸子、炒红薯丝——直到除夕夜,热腾腾的团圆饭摆上桌,一切才消停下来。

正月初一那天,父亲要带我去亲爷家拜年。

我原本约好了小伙伴们出去玩儿,并想借机展示自己的新装的。可父亲说初一崽初二郎,你既然认了他做亲爷,就是他的崽一样,今天是非去不可的。

由于父母有了那层意思,再见到姐姐时,我有些不自在。先前那种无拘束的姐弟情分被掺杂了另外的东西,腼腆和羞赧使我与姐姐生分起来,便不能随心所欲地言谈笑语了。

姐姐自然不知道我心里起了变化,一见面就拉着我又说又笑,我亦勉强笑着,内心里却做贼似的慌慌掩饰着什么。同时,我担心父亲会跟人谈起,便处处紧随,预备他一张嘴就阻拦。好在父亲并未跟谁说。

姐姐见我如此神态,有些不解,便忍不住问。我说没什么,姐姐遂笑了,我的脸一下子红到了耳根。

这时,门口响起鞭炮声。

有客来了,我忙告诉姐姐。姐姐便折转身应酬去了。

两天后,父亲提出要带姐姐去我们家玩儿,亲爷一口就应允了,姐姐更是欢呼雀跃——先前我描述的镇上风光一直让她心驰神往。

我知道父亲的用意,他是想让母亲看看姐姐。

或者,他们原本就商量好了的。

我暗暗叫苦。

在我那边,口无遮拦的母亲在家族里早就把姐姐描述成她的儿媳妇了。我也早已成了本家兄弟们取乐的对象。这次姐姐跟着我回家,不知会遭到怎样的嘲笑呢!这是外表腼腆而内心矜持的我极不愿意面对的。我不知道父母为什么要这么早地将我置于这种氛围里,他们是否考虑过我的想法呢?答案是否定的!因为他们是父母,有权安排我的一切。

到了镇上,满目新奇纷至沓来,姐姐的两眼大放光彩。

阿也——阿也——

她不能自抑地用苗语惊叹着。

我知道,此刻,十几年来一直盘踞在她内心深处的那个封闭的苗山世界彻底崩溃了。

我忽然涌起了一种胜利者的亢奋!

在新春的小镇上,我的脚步开始飘飘然……

然而,没过多久,我就发现了异样。

姐姐土里土气的装束和毫无遮掩的神态招来了许多好奇的目光,我感到街头巷尾有许多人在窃窃私语,又好像是,满大街的人都看穿了我的心事。

我感到了极度的难为情。

我拉拉父亲的衣襟,催促他该回家了。

回到家里,正如我所虑,已然来了许多客人,都是些本家和姑表亲戚。见我们进屋,满堂露喜。偏偏姐姐亦不怕生,很快就与我的亲戚们热烈地交谈起来。她那浓浓的苗腔和稚气的话语逗得亲戚们哈哈大笑。她还主动去厨房帮我母亲做事,洗菜、切菜样样争着干,喜得母亲乐滋滋地不时跑过来跟亲戚们挤眉弄眼。更让我惊诧的是,初来乍到的姐姐竟然反客为主,一遍遍地给亲戚们添茶倒水、嘘寒问暖,仿佛她根本就是这个家庭里的一员似的。大家见她手勤脚快,赞叹不已。有人招呼她歇歇,妹子呀,别累着了。她却头一扬,做惯了的,不做反倒不惯了,说完撂下一串笑声又走了。

姐姐的表现让所有的人都觉得，我的父母的愿望已然水到渠成。你看，人家已把这里当作自己的家了。大家都这么说。

背地里，我却遭到了本家兄弟们的肆意取笑。

他们笑我人没三砣牛屎高却屁颠颠地带着大老婆回家云云。我越争辩，他们越鼓噪得起劲。我又气又恼，遂把满腔的怨愤全泼在姐姐身上，以至于她来喊我们吃饭时，我竟然恶狠狠地瞪了她一眼。

夜里，我独自在房里看书。

良久，才发现姐姐不知什么时候已站在我身后。见我转过脸，她迅速低下头。分明，我看见她的眼眶里盈满了晶亮晶亮的泪水。我的气一下子消了。我故意用蹩脚的苗语跟她讲了几句玩笑话，她"嗤"地一声破涕为笑了。

中学毕业，我没能考上大学。

父亲遂正式向亲爷提亲，并约定等我们年龄一到，就谈婚论嫁。

就在这个节骨眼上，仿佛平静的池水里投入了一块巨石，一桩水到渠成的亲事被命运搅得天翻地覆。那年春天，母亲被落实政策，我们获得了举家返城的机会。全家在喜庆之余，又为过早地定下了我的亲事而懊悔。

谁知，几个月后，得知消息的亲爷竟毅然决然地将姐姐另许他人。

我们家便也顺水推舟，不再言语。

姐姐出嫁那天，我怀着极其复杂的心情去送她。

在苗乡，有"哭嫁"的习俗，就是女子出嫁的头天晚上，要通宵达旦地边哭边唱哭嫁歌，以表达对娘家的依恋之情。我想，如果姐姐真是泪水涟涟地哭着嫁人，那么，在我的心里自然会泛起另一番滋味。可是，自始至终，我没见姐姐掉过一滴泪。她仍旧一阵风似的忙来忙去，里里外外招呼着客人，毫无离娘的伤感和悲戚，仿佛出嫁的是别人而不是她。直到三眼铳响了，她才抄起梳子，一边梳头一边笑嘻嘻地跟着接亲的队伍走了。

事后，亲爷耷拉着头告诉我，姐姐心里一直是念着我的。当得知我们家农转非的消息，亲爷在经历了复杂的思想斗争后，为了不使农村户口的姐姐拖我的后腿，便自作主张将姐姐另许他人。起初，姐姐又哭

又闹,死活不依。后来是亲爷强压着说服了她。

听完亲爷一席话,我的心仿佛被什么东西紧紧攫住,半天说不出话来。虽然这件中途夭折的亲事自始至终全是大人们在摆布,我与姐姐之间并无任何情感的表达与承诺,但在深明大义的亲爷和姐姐面前,我仍然为我们全家的世俗感到羞愧。

时光变迁,隔着山水,我不时得知些关于姐姐的消息。

我知道她婚后生育了两个孩子。

我知道她在能撂下孩子后,就毅然走出家门,扛着百十斤重的布匹出没于附近好几个乡村的集市,时常有些小赚头。

我知道性情开朗、刚强的姐姐,是一个任何命运都压不垮的女子。

像群山一样绵延

1

正屋四排三间,坐南朝北,两侧各配一栋厢房——这是一座十分普通的院落,说它普通,是因为在湘西南,在沙田村,它与别的农家院落一样,鸡飞鸭叫,炊烟袅袅,没有任何不同之处。这是我家三代居住的老屋。民国三十年,我的爷爷奶奶携着他们的三子四女,从巫水流域一个名叫游家湾的缱绻之地逆流而上,辗转来到这里。虽然我已无从揣摩他们当时的心境,但可以肯定的是,像屏障一样耸立四周的群山给了他们地势上的安全感,使他们以为可以借此摆脱乱世的动荡和危机的追索。虽然日后并没有如愿,但他们终于在这里安定下来,养儿育女,勤俭作息。数年后,三个儿子枝繁叶茂,筑巢引凤,延续起生命的咏叹长调;四个女儿也羽翼丰满,相继飞出屋檐,栖向各自的命运枝头。

我的爷爷身上,保持着一介落泊书生固有的本色。他天明即起,焚香沫毕,便展卷晨读。朗朗书声与阵阵鸟鸣在晨光中互溶,使沉寂的大山平添了几许生动。在初来沙田的日子里,爷爷用这种优雅娴静的生活姿态暂时掩盖了天性里的桀骜与张扬。白天,他谦卑地跟着肩担荷锄的奶奶,在田间地头勤勉地垦覆与种植着一个个平常的日子。闲时,他眯着眼,像一个小心翼翼的财主,在儿女们成长的拔节声里,窃取与收集着光阴罅隙里漏下的点滴欢乐。他目光淡定、性情隐忍、步履沉稳地行走在沙田村的田畦与山林之间。

即便如此,大山厚重的雾霭仍然裹藏不住爷爷身上的浓浓书香。不久,他的一手遒劲的柳公权体便不胫而走,张贴在家家户户的门楣柱面。他被越来越多的人请来请去,择吉地,踏吉穴,蒙昧已久的罗盘

又在沉寂的地脉深处熠熠生辉……

渐渐显露的生活亮景勾起了爷爷对逝去的家族荣光的追慕。他常常在暗夜里为家族的蒙尘辗转反侧。他决心在此重振龙氏门风。于是，他一改低调的生活姿态，运用自己对世事人情的练达，频繁亮相于当地各类事务及公益活动中。爷爷精通文墨，更兼一副侠肝义胆。一经显露，便赢得人们交口称誉。因而家里虽穷，爷爷的脸面却很足。常有土著乡绅附庸风雅，邀他吟风弄月、谈古话今。爷爷也乐于应酬。有时家里都揭不开锅，他却波澜不惊，照旧在那里谈笑风生。至今，我仍然能从老辈人的口里，领略到爷爷当年的儒雅风姿。

嫉妒是人性里的一味毒药。当太多的荣光悬挂于我们这个外来户的门楣时，便引起了本地一些狭隘小人的暗中忌恨。其中以保队副李荣为最甚。在当地，李荣是出了名的恶人。他一贯倚官仗势，横行乡里。他可能早就对我们家蠢蠢欲动，欲伺机加害。后来发生的一件事，加速了李荣的恶行。

本村有一美貌女子香草，与同乡肖二毛已订婚约。保队副李荣也垂涎香草的美色，欲仗势夺人所爱。肖二毛与之辩理，哪知李荣恼羞成怒，拔出手枪对准肖二毛。适逢我爷爷路过，见状冲上去将李荣的手臂一抬——"砰"，一发子弹射向了天空。鉴于爷爷的名望，李荣不便当面发作，只好悻悻而去。

君子坦荡荡，小人长戚戚。李荣转弯抹角、费尽心机，终于弄清了我爷爷挈妇将雏隐匿山林的真正原因——躲避国民党政府的兵役。于是，他上下串通、狼狈勾结，一张精密编织的黑网悄悄撒向我们家……

民国三十五年的除夕没有雪，空气中游移着浓郁的年关气息，四周山林里不时传来欢快的爆竹声。爷爷一早起床，便领着儿女们贴"对子"。"对子"即春联，爷爷头夜写好的，家里的每根柱子、每条窗框上都要贴。风雨剥蚀了一年的木屋红红地亮堂起来，方显出过年的喜庆。这是脸面上的功夫，再穷的家庭也是要装的。

这时，西边山褶里迤逦出两个人影。近了，人们才看清是镇政府的两个枪兵。两个枪兵各挎一杆长枪，径直朝我们家走来。

厄运总是这样突如其来，在人生的某个隘口兀地从天而降，将既有的生活秩序彻底颠覆。在弄清了爷爷已经被抓了兵后，全家人哭作一堆。爷爷是家里的顶梁柱，此一去关山重重，战火纷飞，生死难料，奶奶一介女流，怎能养活膝下的七个儿女？

在全家极度的悲戚中，年方十四岁的伯父悄悄揩干眼泪，坚定地站了起来。他尾随在爷爷身后，决心效仿花木兰，去替父从军。

在国民党县党部，伯父的阔眉粗骨以及眉宇间坚定的神情使县长熊为奇轻易就相信了他谎报的十八岁的年龄。熊县长恩准了伯父的请求。伯父大喜，宽大的军装怎么也裹不住内心的激动，仿佛他不是去赴生离死别的战场，而是去赴宴一样。伯父随部队转战沂蒙山，多次与死神擦肩。徐蚌会战，他混迹于溃军中，提着一口气千里奔逃。数月后，在一个伸手不见五指的暗夜，衣衫褴褛、疲惫不堪的他终于摸到了家门。伯父的生还使全家喜出望外，爷爷赶紧焚香祷告，自不待言。伯父的这次少年壮举拯救了整个家庭，而他遇事的果决明了和强大的消磨苦难的意志使他在后来的岁月里无论身处何方，都一直充当着家庭的脊梁。

爷爷被替换回家后，为了保全家庭，避免再次遭人暗算，他主动出山，结交县乡官僚，谋取地方职位。他参加过九路军，当过保长……在爷爷看来，其所作所为系情势所逼，不关乎书生气节，自然无可厚非。然而，令他做梦也想不到的是，恰巧是这一切为未知的前路埋下了绵延的祸根。

1949 年全国解放，国民党败逃台湾。因为在国民党阵营里供过职，爷爷戏剧性地成了人民的对立面——他被划为"四类分子"，并被判处劳动改造，由体面的绅士变成了卑贱的被管制对象。囚车隆隆地驶出深山，车窗上冷漠的铁条将窗外的山河分割成碎裂的块片。等到窗外的颜色渐渐地由绿变黄了，便意味着囚车过了长江又过了黄河，车轮滚滚碾压在大西北苍凉的黄土地上，家园与亲人变得像梦幻般遥不可及。爷爷心如止水，万念俱灰。从此，在长达三十年的漫漫岁月里，除了低头认罪，老老实实接受劳动人民的监管和改造，他再也无法掌控自己及家庭的命运，像一叶无根的浮萍，茫然无依地漂浮在人民民主专政的滚滚洪涛上。

2

我的父亲腼腆、羞赧，从小就是一个听话懂事的孩子，因而深得伯父喜爱。倘若不是出身于"四类分子"家庭，我完全有理由相信，他的人生将会是另一番景象。当负笈求学的懵懂时光像一列严重晚点的火车，哐啷哐啷地驶入人生的车道时，他已然进入了稻麦扬花的青年时期。

爷爷被押送大西北后，身为长子的伯父毅然挑起家庭的重担。他与奶奶、伯母每日起早摸黑，把青春年华隐没在无尽的劳作中。他疲惫的身影潜入到漫长的艰难岁月，成为弟妹们拔节成长的沃土和自强奋进的天空。

由于家里人多粮少，我的父亲上了几年初小后，便执意辍学，给哥哥当起了帮手。

1956年夏天，刚收割完的早稻田正在蓄水，等待犁耙耕耘。伯父看着挥锄引灌的弟弟，一股愧意涌上心头。他觉得不能全家人都在泥里滚，一定要想办法让弟弟重返校园，读书成才，跳出农门。兄弟俩显然经过了激烈的争论，结果是我的父亲打起背包，以18岁的高龄，进入县城长铺镇高级小学就读。两年后，20岁的父亲考入县一中。1956年秋到1961年夏的这段时光，是父亲一生中最值得回味的岁月。他不止一次地在我耳旁喋喋不休。我知道，相比父亲的一生，那是逼仄年代里青春的放纵，是盛夏苦旱中偶降的甘霖。

初中毕业，父亲在本乡佘家村小学做了一名民办教师。那里离沙田村不足十里，虽然山水相连，但山势却更加突兀。佘家小学坐落在双江河边一处高岗上，每当钟声当当当当地敲响时，仍然会有学生从不同的山褶里满头大汗地奔跑而来。每日，父亲夹着课本，从居住地穿过一路金黄的油菜花来到教室。他的身上除了粘满了新鲜的晨光和浓郁的油菜花香外，还粘贴着一双波光粼粼的目光。那是一位姑娘的目光。那位姑娘后来成了我的母亲。

从上学到任教，父亲基本遂了伯父的意愿，走在伯父的希冀中。其时"瓜菜代"已经开始，饥饿的狂飙正席卷华夏大地。作为"四类分子"

家庭,我们家比别人家更为艰难。由于多日未进粒米,奶奶已饿得连续七天高烧不退。弟妹们一个个黄皮寡瘦,萎靡不振。伯父伯母急得抓耳挠腮,一筹莫展。父亲再也无心教书,他决心与全家共渡难关。他自作主张辞掉工作,卷起铺盖回了家。其时伯父正从田间抠食归来,一见弟弟模样,什么都明白了。他恨铁不成钢,一个耳光将弟弟打翻在地。打完后又心痛地扶起弟弟,兄弟俩抱头痛哭。而后就寂然无语地坐在田埂上,看久旱无雨的长天,看远远近近的群山……良久的沉默后,兄弟俩相视一笑,牵手而起的一刹那,身体里的关节处铮铮作响,一股久违的力量重新回到身上。后来父亲跟我说,苦难并不可怕,可怕的是颓废。人活着就是要有精神。但我至今仍然认为,是伯父的坚强影响了父亲。

等到爷爷刑满释放回家,等到"瓜菜代"终于过去。历尽磨难却依旧眉宇轩昂的伯父毅然走出深山,打铁放排,摆摊贩货,在命运长河里操桨泛舟,最后竟混成了一名国家公职人员,成了我们家第一个吃公家饭的人。这种人生角色的转换更加奠定了伯父在整个家庭的地位。在我的记忆里,每遇家庭不和,爷爷便要差人找来伯父,让其好言相劝,严言相教,动之以情,晓之以理。直到矛盾平息,全家人欢颜以对,伯父才放心离去。每次伯父离去时,我都要跑出家门,望着伯父的背影渐行渐远,融进了群山的褶皱里。伯父走后,无边的落寞惆怅在黄昏时刻升起。暮色迷蒙,山影沉重。对家族亲人的依恋使我在如烟的雾霭里黯然神伤。显然,敏感与多愁使我的性格并没有烙上大山的刚毅与坚定,这一点在我成年后有了更明显的凸现。这是我命里的一道灰色,也是我与从小厮守的大山不相匹配的地方。

爷爷回来后,沙田村阶级斗争的气焰日益高涨。人们不再像过去那样尊称爷爷为"大爷"或"大叔",而是叫他"海佬佬",语气里充满鄙夷。农闲里,夜静时,随时会有一伙人冲进我家,将爷爷拖出去,戴上高帽子四处游斗。更有甚者,我的二姑父也反目为敌,用比别人更为残酷的手段与我们家彻底划清了界限。在一个令人气闷的中午,我的二姑最后看了一眼门外热辣辣的阳光和阳光中青烟直冒的世界,绝望地将脖子伸进了屋梁上早已悬挂好的套索中。

　　父亲越来越沉默。繁重的劳作和社会地位的卑贱使他身上的书卷气日渐消退,肌肤上隆起了一股一股的小丘。他的脾气也越来越坏。用母亲的话说,父亲在家里"就像一个阎王一样"。由此可见,他的性格里其实不乏刚烈的元素,但门外强大的高压气流又使他不得不委曲求全,他在外谦卑、恭顺、处处让着别人。地域的褊狭使父亲固执地认为,山外的世界肯定比这里好,伯父的背影就充分说明了这一点。他甚至抱怨爷爷,当年怎么就来到了这样一个鬼地方。其实在那样的年月,我们这样的家庭走到哪里都是危险的边缘。

　　也许是性格使然,父亲心里总是纠葛着许多无法释怀的东西。在胸怀上,他比爷爷和伯父要略逊一筹。随着时间的推移,他的胸腔里郁积起越来越多的乌云——这剜不掉的死结,坚硬、沉重,使他的一生压抑。

　　20世纪70年代末,人性解放的春天终于来临,新时代的春风开始吹拂华夏大地。我的爷爷与千千万万具有相同命运的人一道,摘掉了戴在头顶几十年的"帽子",重新获得了作为人的自由与尊严。同时,改革开放以后,被禁锢的种种乡村礼俗又在农村勃然兴起,深谙此道的爷爷又成了方圆之内颇受尊重的礼俗先生。那些曾经骑在头上拉屎拉尿的人又改称爷爷为"大爷"或"大叔"了。爷爷心胸开阔,不计前嫌,仅仅一句话就消解了几十年的仇怨。父亲知道后勃然大怒,痛骂爷爷好了伤疤忘了痛,"过去是怎么整你的?如今有求于你了,就像哈巴狗一样摇尾巴了,不要脸!"骂得爷爷连连噤声。

　　父亲与爷爷积怨日深,最后竟到了难以化解的地步。他固执地认为爷爷一生都只顾自己的脸面,对家庭没有尽到责任,如果不是伯父替他挑起重担,全家人早就饿死了。父子俩经常因为什么事便大吵大闹。其时伯父已携妻儿迁回故地游家湾定住。他知道后深感忧虑。为缓和矛盾,他提出将爷爷接到他那里去居住。谁知爷爷死活都不肯离开相守了几十年的老屋。他说我不走,我就住在这里,话音刚落眼圈就红了。直到奶奶去世,他才依依不舍地跟着伯父走了。爷爷为奶奶踏穴下葬,故意留了半个穴的位置,说这一半留给他日后来陪伴奶奶。

爷爷终于没有回来，他死后葬在三十里外的一处高坡上，坟头朝着奶奶的方向。横亘在中间的，是比距离更为强大的虚空。

后来我梦见爷爷，他背着手站在老屋门口，身旁他亲手栽下的那蔸月季，花光灼灼，所有的苦难都被隐没不现。我由此常常思及人与地域的关系。哪怕这片土地给予他的全都是苦难，哪怕他曾经多么恨它，到头来却仍然深恋着它。就像那些饱受洪灾之虐的人们，即使家园被洪水屡屡冲毁却决不会异地重建。这种血肉相连的依恋，是否是恋母情结的另一种呈现形式呢？

3

对于父亲而言，我是他的一个梦。他希望他的命运不要再在我的身上延续。

不是说出身不由己，道路可选择吗？他常常跟母亲这样念叨。因此，父亲对我的管教是非常苛刻和严格的。

"攒劲儿读书，离开这里，去外面做大官，免得被人欺负！"

"只要你能考上大学，家里卖鼎罐也要供你！"

"吃得苦中苦，方为人上人。"

……

以上是我记事起便回荡在耳边的家庭教育。我不知道有多少孩子会受到这样的教育。从我出生的那天起，一个家族复兴的梦想便在我身上悄悄谋划。我的童年太沉重，几乎没有过欢乐。成群结队的孩子在篱笆外奔跑、嬉戏，没有人会注意到篱笆后面那双红肿的眼睛。

我与沙田村非常隔膜。我几乎没有融入到村里的人、物、事中去。"离开这里"的目标使我像一条孤独的单轨，生命时光与村里的四季枯荣构成了平行的衍长线。我们相互对视着，又本能地拒绝着。而我在拒绝丑恶的同时，也拒绝了友善与关爱，甚至拒绝了大山的刚毅与坚定。我在我的另一篇文章里，曾经这样描述自己的少年时光："……限制来自于父亲，他几乎不允许我随便去别人家玩儿。即便去，也得在他的带领下，选择他认为可以去的人家，且不许我随便与人说话。稍稍有违，

便会十分严厉地训斥。父亲这样做自然有他的道理。因为在那个年代，像我这样的家庭稍有不慎就会招来横祸。后来我把父亲的做法理解成他对现实的一种妥协和畏缩。阶级斗争的如火如荼使我的父辈深陷在老屋的幽深里，感喟岁月的漫长。这种限制对一个少年的心理成长无疑是极为有害的，以至于我从小就缺乏抗争现实的勇气，变得孤独而内向。更多的时候，我孑然一人，伤感地倚着篱笆，手托下巴想象着山外世界的美好……"

　　然而，在我成年后的记忆中，童年的沙田村却是如此的清新美好——造物主携万水千山奔腾到此，兀地滞住脚步，圈出一敞平阳和百十缕人间烟火；一年四季，铺黄陈绿的田野上空，交织着四周山林里扑面而来的鸟语花香；双江河清澈迤逦，从南面的山深处来，将沙田村一分为二后，一折弯奔西而去，水浅处，一滩滩大大小小的卵石拱出水面，在阳光下泛着黄铜的光泽；而雨后的双江河却更见一番景致，蒙蒙白雾自河中泛起，如丝，如烟。

　　上中学时，我试图在地图上寻找沙田村的名字。结果是失望的。地图上，一个县才占一个小点，万千律动与景象才定格为一个区域名。多少故事被省略啊！弯弯绕绕的行政区划线内，数不清的有名无名的村庄、田园、山峦与河流挤在里边，咩咩地叫唤着、踢踏着、奔腾着……

　　我终于离开了这里——1987年8月2日清晨，一辆鲲鹏牌自行车载着彻夜未眠的我，在乡村公路上飞奔。清晨的山林风凉露重，路边的稻田刚被朝阳抹上橙色。就在那个初秋的早晨，我像山林里坠下的一枚果子，骨碌碌地一口气就滚出了沙田村，滚进了县城长铺镇。我从此"拱出田坎脚，吃上国家粮了！"这话是父亲头夜说的。父亲显得很开心，几乎与我说了一夜。说他如何在苦水里泡大，如今好了，我不再过他的苦日子了。父亲说得我哈欠连天又说得我热血澎湃。

　　我的县城生活基本上由两点一线构成——从沿河路到工业街，又从工业街到沿河路。……早晨八点，那间宁静的办公室被准时推开。勤勉与谨慎，使我倾注于眼前的一沓文件资料；一张来访者的菜青色的脸，又使我感觉到责任，以及手心里可能派发的一小缕阳光。而在白昼尽头，在沿河路一栋简朴的楼房里，精神的太阳从一张洁白的稿笺上升起。我，一个耽于幻想倦于跋涉的书生，在喧嚷的城市声中，夜夜聆听到沙田村遥远的虫鸣和蛙声。蛙声如雨，我看见洁白的稿笺渐渐地浮为荷叶了，我看见我的心一蹦就蹦到荷叶上，呱呱呱呱地吐出大口大口的文字……

其实，在县城，我一直找不准生活的感觉。我活得越来越不像个城里人。而在沙田村时，我不事稼穑，又不像个农民。我对自己越来越不满意。县城里人与人之间的隔膜让我深深失望，利益成了人们之间发生关系的唯一纽带。我甚至怀疑自己当初追求的正确性。在极度的寂寞和苦闷中，我寄情于写作，渴望在文字里找到一个别样的精神故乡。我仍然不自觉地将沙田村视为这个故乡的唯一载体。我不知道这是一种倒退还是一种回归。

跨入新世纪后的某一天，我惊奇地发现，我那散居在远山近水的同族兄弟姐妹们，忽然齐刷刷地聚集于县城，占地摆摊，租房开店……以山里人特有的勤谨坚韧，实践着谋取城镇的矫健步伐。更令我惊讶的是，他（她）们一个个很快就褪淡了青青山色，涂抹上浓浓的市井气。他（她）们一忽儿四散在县城的一个个角落，一忽儿又聚集于某一家的麻将桌上，模仿着城里人的语气，咒骂城管的刁难，嘘叹背时的手气。幼小的儿女穿梭于他（她）们中间，在他（她）们疲惫而松弛的脸颊上读取着或明或暗的生活之光。

世事代谢，时过境迁。如今乡里人进城只是脑海里一闪念的事，而我的父辈却耗费了一生。生活是多么的不公啊！可以想见，我的兄弟姐妹们仍然不会满足于地远心偏的县城，若干年后，必有人徙往省城甚至京城。因为从狭义上讲，人类的发展史其实是一部迁徙史。一个家族如此，一个民族亦如此。现实和地域的围困使人永远不会安于现状。但谁又能想到，时空却用比地域更为强大的力量，对人类的奔突实施着永远的合围。时空的力量无数次地向人类彰显着一个硬如磐石的道理：人啊，任你有千求万欲，任你已成王成相，到头来终归要化入茫茫虚空。从这个角度看，简单而自在的生活是多么大的一场幸福！

我的父亲好像有所彻悟。他在晚年一心向佛，每日必在房中打坐，沧桑的脸庞一派清明，几无烟火之气。他不再在我身上继续描画家族

复兴的宏伟蓝图。虽然他历尽辛苦,终于在县城置地造屋,离开了给予他太多噩梦的沙田村。华堂落成之日,他满脸喜气地领受着四方亲友的恭贺,得意与庆幸溢于言表。然而,就在临死前的那一年,他突然义无反顾地辗转跋涉于沙田村的山山岭岭间,焦急地寻觅百年后的安身处所。显然,山外的世界并没有给予他暖衾般的归属感。如今,父亲已安然躺在村里一个名叫野鸡湾的山岭上。墓地四周,葱郁着大片油杉。山风过境,掠起阵阵林涛,如潮如鼓,拍地惊天。

我们全家在县城定住后,不断有沙田村的乡亲来问,老屋卖不卖?问的人说法都一样,你们如今进城了,老屋不可能再住,现在卖还能值几个钱,以后屋朽了就卖不起价了。明里这样说,暗里却相中了我们家宅地的风水。父母拿不定主意,征询于我。我坚决不同意卖。理由很简单,水流到哪里,也不会折断自己的源头。如今,老屋仍然蹲在村里,守望着门外那一大片春华秋实的稻田和不远处绵延起伏的群山,听任山风将大地隐秘的喜悦与疼痛四处传扬。

岩鹰的眼神

　　一只岩鹰出现在沙田村,不亚于一架美帝国主义的飞机出现在沙田村。整个村庄如临大敌,人们纷纷丢下手里的活计,赶紧采取不同的方式去保卫家里那一窝鸡崽崽。路近的,拔脚就往家里赶;路远的,急得脚儿打颤,孰料越急竟越跑不动,只得扯开嗓子朝家门口大喊:"三伢子哎——四妹子哎——快将鸡崽崽捉进圈里去——岩鹰来了——"那正在屋檐下埋头堆泥巴过家家的三伢子四妹子们却镇定自若,抬头看看天,在哪儿呢?东边,南边,西边,北边……几颗小脑袋晃来晃去。还是四妹子眼尖,小手一翘,"在那儿呐——"果然,东南面有团黑影越来越近。妈也——真的来了!孩子们终于急了,颠着小小的屁股赶紧去捉鸡,谁知鸡崽崽们更不急,只顾吧吧地叫唤,目光定定地瞅着石缝缝里难舍难分。

　　天空是70年代初的天空,大团大团的阳光和激情似乎并不能阻挡岩鹰的到来。一只岩鹰从东南面的山口闯进沙田村。起初只是一个小点点,慢慢地近了、大了,两扇灰黑的翅膀坚挺着,鼓凸的眼睛有如电光火石,炯炯地俯视大地上的山峦、田野、房屋、河流、草坪、鸡崽崽和小老鼠们。它那幽亮的眼神具有强大的穿透力,能洞察一切渺小与细微。一旦猎物锁定,就会挟惊雷闪电骤然俯冲,猝不及防地叼起猎物,在人们的顿足声里盈盈上升。反之,则贴着耸立四周的山峰悠然盘旋,而后振动双翅,朝南面的岩鹰界傲然飞去。天空的无垠造就了岩鹰的骄傲自负。一只岩鹰在盘旋着上升,像一块小小的黑夜,在阳光大捆大捆地抛洒而来的光线里自由地上升,群山绵延的峰峦也攀不到它的羽翼。面对汹涌而来的白天,这块小小的黑夜好像并不存在突围的激烈与战斗,只是悠闲地、蔑视一切地盘旋、上升。

　　与岩鹰一样对沙田村构成威胁的还有老鸹,即乌鸦。老鸹比岩鹰小，却比岩鹰黑。浓黑的墨点儿出现在空中，就知道是老鸹来了。"呱——呱——"的叫声一掠而来，又仓皇而去。老鸹不吃鸡，只叼鸭。与勇武的岩鹰相比，老鸹毫无震慑力，只令人讨厌。听见老鸹叫了，三岁小儿都能拿起扫帚守护在小鸭子身边，一旦老鸹来袭就奋力扑打。一群老鸹就像是一堆黑夜的碎片，在光明的天地间被驱打得七零八落，抱头鼠窜。在沙田村，老鸹还被视为不祥的象征。出门若听到老鸹叫，定有不顺，便不能走了，只好窝在家里抽闷烟。

很小的时候，岩鹰骄傲的眼神就仿佛给予我一种启示：只有高度，才能脱离卑贱；只有飞翔，才能翻越忧愁！于是，从小就身陷尘世之苦的我对岩鹰心驰神往。在沙田村，我是卑贱的，我们全家都是卑贱的！如同一棵草、一粒尘埃……背负着尘世的重轭苟延残喘。70年代初的天空隆隆地碾过一轮又一轮强大而高压的气流，使我弱小生命里的自由天性支离破碎。我的严重营养不良的脸庞像一片小小的菜叶，枯黄地反映出程度不轻的病虫害。因此，我渴望高度，渴望飞翔，渴望接近光荣与梦想，就像一只岩鹰一样，超越卑贱与忧愁。

岩鹰的狂傲与屡屡进犯激起了沙田村广大贫下中农的愤慨！他们把岩鹰比作美帝国主义，你不打，它就不倒！就像地上的灰尘，扫帚不扫，灰尘不会自己跑掉！阶级仇、民族恨在每个人的胸膛里燃烧！于是，他们开始行动了——

最先出动的是民兵。民兵埋伏在田坎脚，子弹带斜披在背上，半自动步枪一动不动地瞄着悠远的蓝天。呼——呼——呼——枪声响过，岩鹰却不见了踪影，蓝天惊恐地似乎又后退了一丈。而比民兵更早埋伏下来的孩子们此刻却欢呼雀跃，争先恐后地扑向那些散落在草丛里的发烫的子弹壳。人们不禁埋怨起民兵来，生产劳动不积极，卵枪法也有有。民兵却不高兴了，步枪往肩上一挎：飞那么高，子弹够得着吗？再说又不是真的美帝国主义来了！说完就径直去了。

沉默里，有人说：放棕套吧。好办法！大家为之一振。

放棕套是捕捉岩鹰的一种方法。即用棕丝编成一只筐，放进池塘里，筐中再绑上一只死老鼠，盘旋的岩鹰发现后定会不顾一切地俯冲下来啄食；由于岩鹰的嘴巴、脚爪都长有弯勾，触进筐里就会被棕丝缠绕住，再也无法飞起，只好乖乖就擒。这个办法果然灵验，没过几天就捕到了两只岩鹰。人们美美地品食着香甜如鸡肉的岩鹰肉，脸上洋溢着过年般的喜色。我曾去看过其中的一只，脱离了天空的广袤，庞大的翅膀软软地耷拉在地上，唯有那双巡视千里的眼睛依然那么幽亮，不沾一丝云翳，保持着桀骜不驯的神色，仿佛它根本就没有离开蓝天，它待在这里不过是漫长旅途上的一次小憩，养足精神后又会振翅而起，在广袤的天空里自由自在地盘旋翱翔。我抬起头，蓝天辽阔而深远，一些事情发生了，一些事情结束了，它仿佛不甚了然，轻易地便放下了许多。比如这只身陷绝境的岩鹰。

目睹自己寄托了万千情思的岩鹰惨遭蚕食，我的心有如刀割般难受。那天，昏头昏脑的我忘记了自己的卑贱，决意要为岩鹰去做点儿什么。

当晚，披着斑斓的星空，我偷偷来到放有棕套的那眼池塘，搬出白天就准备好的石头，朝着棕套的位置一块一块狠命地扔下去。估摸着棕套应该被砸烂、砸沉了，才得意洋洋地离去，回家便蒙头睡着了。

事情的结果出人意料。第二天一早，几个民兵冲进我家，不容分说地将我的满头白发的爷爷和我的父亲缚上麻绳，推推搡搡地押往仓库那边去了。很快，仓库那边就传来了排山倒海般的口号声。这突如其来的事件惊醒了正在酣睡的我，才知晓自己已闯下大祸。我为自己幼稚无知的行为给父辈带来了厄运而难过到了极点。我不知道该怎么办，茫然地站在露水微凉的田埂上，望着仓库的方向潸然泪下。

流 霞

当青黑的炊烟变得又白又细时,沙田村的女人们就开始忙碌。她们从湿柴的浓烟里抬起脸,一面将猪栏鸡圈里大呼小叫的畜生们安顿好,一面将蜷缩在热被窝里的狗伢子三伢子叫化子样扯将出来,骂骂咧咧地瞪着他们扒完了早已盛好的饭菜,又目送甩着书包的背影在新鲜的晨光里走成了一个个小小的黑点点,才想起门边那一大桶泡了一夜肥皂水的衣服,遂望望四周的山岭和田垄,估摸出早工的男人一时半会儿还回不来,便将饭菜盛进灶锅里,盖了锅盖,拎着木桶掩上门下河去了。出门时还不忘上屋下坎地吆喝几声:"满娘哎、毛妹子呃,下河洗衣衫去罗——"。"哎——秀英婶子你等一下子,我也要去嘞——",那边有人响亮地应了。于是,咯咯咯咯的笑声便在晨光中大朵小朵地一路绽开,绚丽地往双江河边去了。

女人们踩着晨露,拎着木桶从不同的方向千姿百态地朝双江河走来,是这晨光里一道独特的风景。你看那上了点儿岁数的,晃着一团簸箕般大的屁股却走得寸草不惊;那开了怀奶了娃的,走得稳稳健健,任是晨风拂弄也显得春光从容;只有那才过门儿的小媳妇,走得羞羞怯怯,禁不住田头坎脚的愣头青三言两语的逗弄,头低低的,脸红红的,慌慌的脚丫儿走得越发快,偏有那路面上尖尖的小石子不懂事,愣愣地瞅着脚趾丫里便钻,疼得小媳妇眼泪汪汪颊泛桃红,美得那些男人们争先跃上田坎,捏脚趾嚼草药,忙成一团,急憨憨的模样儿倒让小媳妇破涕为笑了。

太阳还窝在山岭那边,金光映红了东边的半个天,青草生生的气味在空气中弥散。草叶上,随处可见一只布虫挺着两叶绿绿的翅膀,呆望着一团透亮的光圈,那专注的神情让人觉得活着真是件不可轻视的事情,包括每一个细节。四周的山岭黛青而凝重,面对人类的生息若有

所思,却又什么都不说。

双江河流漾着满河早霞,兀自在那里灿烂。

这条河是沅水的支流的支流,地图上决然找不到它的波光激影。虽然叫河,却不过丈把宽、个把人深的样子,流经沙田村时拐了一下,弯出一滩溜圆的卵石。女人们便丫开腿坐在那些卵石上,脚丫儿踩进凉凉的、腻腻的河水里,将衣衫堆在另外的卵石上,用捣衣杵一下一下悠然地捣着。洗衣衫要经过捣、搓、漂三道工序,最费力的是搓。搓衣衫靠的是两臂的暗劲,一块发白的搓衣板靠在腿边,双手攥紧衣物一遍遍往返地搓,直到黑污污的水浆变得清清净净,一桶衣衫搓下来,腰也酸了背也疼了,不酸不疼就说明衣衫没搓干净,回去后婆婆的脸上是不会好看的。搓完就摊在水里漂,漂过后提起来一抖,布料儿新鲜的气味就抖出来了。女人们开心而满足地嗅着这股醉人的气味,缭绕在脸上的霞光益发地动人了。当然,到双江河来除了洗衣衫外,内心里的褴褛或锦绣也是要拿出来搓一搓、漂一漂的。日子长了,这河滩就成了沙田村飞短流长的女人滩。

俗话说,三个女人一台戏。戏的内容呢,无非是些家长里短。谁家的鸡在瓦背上生了蛋,谁家的牛撒野踩了谁家的秧田等等,都要拿来这里说道说道。笑声、取闹声伴了或喜或忧的情思,融入了满河流霞,随着河水悠悠地飘。

在沙田村的女人里,要数秀英最能侃。秀英巧言善辩,舌绽莲花,任何事情到了她嘴里,都能理出个是非来。她不但明事理,而且识大体,因而备受女人们推崇。据说秀英刚过门那天,有捣乱的趁人不备往她的新婚床笫上撒了一些禾木树粉。亲朋好友、邻里乡亲们闹了散了,秀英和男人推山倒海正准备来事,忽觉身上奇痒难耐,点灯一看,浑身起了大块的红斑,越挠越痒。秀英的男人又烦又怒,欲跳出房门破口大骂,却被秀英和风细雨地按捺住了。人家是闹着玩儿呢,况且风俗如此,骂了倒显得我们小气了,说不定此刻那作乱的正躲在哪个角落等着看戏呢。男人一听秀英说得有理,只得乖乖地把气放回肚子里。

同饮一江水,共披一川霞,岭上的春兰却活在另外一番景象里。春兰的男人是一个典型的男权主义者,他信奉只有拳头与棍棒才能让女人一辈子服服帖帖、忠于自己。新婚才两天,他就找茬给了春兰一个下马威。回门时娘家人见春兰水嫩的肌肤上青一块紫一块,问明原委后很不客气地训了女婿一顿。谁知男人不但不改,反而从此变本加厉,经常打得春兰东躲西藏。有时半夜三更,村庄的上空都会传来春兰凄厉的哭嚎声。春兰的遭遇曾引起村、乡两级领导的关注,多次上门做工作,然而春兰的男人水火不进:"我打自己的老婆,关你们屁事!"说完再也不予理睬。春兰无奈,只叹命苦,在男人的拳头下战战兢兢地一过就是二十多年,直到孩子们长大,一齐向父亲发难,才有所好转。

……

家家有本难念的经。或苦涩、或甜蜜、或昂扬、或低沉……齐齐在这流霞泻翠的河水里漂了、洗了,倒也洗出些滋味来,快活的心思也如了那沙石间挤出的草尖尖,星星点点的绿,不觉就遍了整个河滩。

太阳已经爬上岭来,清粼粼的双江河褪淡了初时的绚烂,晃着天光、打着旋儿悠然远去了。女人们漂完了最后一件衣衫,三三两两地开始起身踏上归程。就在她们一次次转身离去的刹那,她们身体里的彩霞也被双江河一次次地窃取,做了匆匆的流水。

梅

　　其实我是不能叫她"梅"的，以我的年龄，应当叫她"梅姐"，但无论当年还是现在，我都更愿意叫她"梅"，我想这样更符合我的心境。

　　在我心目中，梅是村里最好的女人。

　　梅的好很具体：她笑得好看，嘴唇微微张开，露三分之一齿白，隐隐的一线，像远处一抹云影，而后，笑容像一阵轻风那样在脸上漾开；她说话好听，不轻不重，不紧不慢，好听的声音像一群可爱的牛羊，从唇齿的栅栏间悠悠然走出来；她做事时更好看了，乌黑的辫子总趁她弯腰时从肩背上溜下来，往地上蹦跳，她不得不耐心地将辫子一次次捋上肩背，嘴里若有所语，好像在叮嘱一个不听话的孩子，叫他听话，不要闹……她的好还有很多很多，在十三岁的我的眼里，梅的这些好组装成了一个好女人最美的风景。

　　有时我很担心：梅知不知道自己的好呢？她会不会在某个早晨或者黄昏心血来潮，突然丢弃了这些好呢？我的担心不是没有道理的——我的好朋友泥鳅的姐姐，就是在去了趟县城后，那让泥鳅无比骄傲的飘飘秀发不见了，戴了个染得红红的鸡窝窝回来。为此，泥鳅难过得晚饭都吃不下，好多天不理姐姐。因此，我很想找个机会告诉梅，告诉她的这些好，告诉她要留住自己的这些好，不要像泥鳅的姐姐那样。可是，每次见到梅时，我满腔的担心却不知从何说起。我胆怯了，在好女人梅面前，我羞于启齿了。我凭什么去对人家说这些呢？她又不是我姐姐。幸好，梅没有看出我的心事，她莞尔一笑，拍拍我的肩膀就走了，留下一股淡淡的好闻的气息。梅的气息在村子里飘荡，就像田间地头到处生长的一种芳香植物一样，让我随时随地都能感受到她的存在。

　　我发现，村里知道梅的好的人不止我一个。起码，在梅每每遇到重

109

活儿的时候,总有人争先恐后地跃上前去,肩挑手提,帮这帮那。这些人乐呵呵的,不管梅愿不愿意,只顾将梅手里的活儿抢过来。这些人,当然是知道梅的好的。可梅却好像不乐意他们帮,稍事歇息后就硬将活儿抢了过来。歇工时,梅也不太往人堆里扎,总是一个人默默地坐在一旁,听人说笑,偶尔也跟着淡淡地一笑。梅的笑里没有任何内容,像在掩饰着什么。可以想见,梅是个有心事的女人。她的心事,与村里的氛围构成了某种不和谐。但无论如何,梅真是个好女人。泥鳅也这么说。起码,梅不像他姐姐那样戴一个鸡窝窝。

后来我常常想,如果不是那晚的月色太撩人,梅或许就不会去双江河边的油菜地了;如果不是那晚的月光明亮如昼,我和泥鳅也不会去双江河里放钓了。人的每一次貌似意外的遭遇,仿佛是上天早就设计好了的,人不过是在一个巨大的圈套里钻来钻去,收获些小小的幸福或者忧伤而已。

那是三月的月中,月亮很圆很大。月亮照亮了双江河边的油菜地,一朵朵刚攀上枝头的油菜花像绵绵轻雾,使蒙蒙春夜变得更加缱绻。趁着月光,我和泥鳅去双江河里放夜钓。快到油菜地时,泥鳅兀地止住脚步,轻声说油菜地里有人。泥鳅耳灵,这一点我很服他。我们弓着腰,屏息静气地在油菜地里搜寻。很快,我们听到了一种窃窃嬉笑的声音,来自油菜地的另一头。当我们靠近时,我的头"嗡"地一下大了——蓬勃的油菜花丛里,偎依着一男一女,那女的,天哪,竟然是我心目中最好的女人梅!我的身体在颤抖,呼吸不能自主地急促起来。泥鳅说,你怎么了?我没有回答他,泥鳅怎么会懂我的心事呢?连我自己都不懂。我愣愣地站在那儿,后来竟鬼使神差地捡起一坨土块朝前面掷去,然后疯狂地往回跑。我不知道自己为什么不能接受梅跟别的男人在一起。月光下的油菜地就像一个媚人的妖魅,将我身上沉睡的某种东西提前唤醒了。

泥鳅告诉我,我将土块儿掷过去后,梅和那男人也受惊而起,各自朝不同的方向跑了。泥鳅告诉我,他看清了,那男人朝山坳上的乡中学跑了,他是新调来的王老师。王老师是外地人,地区师范毕业生,身材高挑,皮肤白皙,一口文绉绉的普通话让我们这些学生着迷,也让我们

村里的好女人梅着了迷。梅动了心思,梅想跟王老师好。

再见到我时,梅竟有些羞赧了。梅将一小包糖果类的东西塞到我手里,脸红红地请我不要跟村里人去说。梅说就算姐求你了。哦,梅暂时不想让村里人知道,梅不想伤害村里那些喜欢她的人。可是,梅这么善解人意,怎么就忽略了眼前这个人的心呢?居然用哄小孩子的做法对付他,难道他还是个小孩子吗?我生气地将梅的东西扔得远远的,然后转身跑了。梅莫名所以,不知所措地站在那,好久好久都没有缓过神来。

我在田野上奔跑着。暖暖的春风扑在脸上,空中掠过许多不明飞行物,在周围嗡嗡地躁动。我的心情异常烦躁。我边跑边挥手,像要拂去什么似的。

梅跟王老师好了,这就意味着,梅要嫁到山外去了,要离开这个小小的村子了,我再也见不到梅了,这怎么可以呢!梅的好,是属于这个村子的,属于这个村子就是属于我的,怎么可以好到别处去呢?王老师真不是人,一来就想移植我们村里最好的植物——梅。

一连几天,我的脑子里塞满了乱七八糟的思想,并且终于明白了梅的心事:原来梅要离开这里,嫁到山外去;原来梅也是个爱慕虚荣、想跳高枝的人;原来梅,并不是个好女人!我想,要是能有什么方法将梅永远地留在村里就好了,虽然这是不可能的事情。

做梦也想不到的是,我竟然"心想事成"了——老天真的将想跳高枝、爱慕虚荣的梅永远地留在了村里。

油菜收割完后,田土被翻转,渠水清清亮亮地送来了新的阳春。大地上,山林里,花花草草,枝枝叶叶,吸足了阳光,喝饱了水,使空气变得湿湿漉漉起来。紧接着,气候开始闷热了,天边不时传来沉闷的雷声,迟迟疑疑的,却又不滚落下来,好像在积蓄着什么。插田时节,天气更是变化多端,大团大团的乌云焦躁不安地在头顶翻滚。终于,雷声越来越重,一道道亮晃晃的闪电将乌云蓦地撕开,密集的雷声和雨点儿没头没脑地滚落下来。人们争先恐后地跃上田坎,躲往避雨处。梅在田里惊慌失措,不知往哪里躲。待到大家都跑上田坎后,她才慌不择路地跑向山边的一蔸老枫树下。

雷雨中,有人大喊,不能到那里去。梅听不见,更快地跑向老枫树。

就在梅刚刚躲到老枫树下时,一道更大的闪电像一把亮闪闪的巨斧,哗地劈向老枫树——老枫树倒了,将梅压在下面,将梅永远地留在了村里,梅再也不能嫁到山外去了!

雨过天晴,王老师来到梅的墓前放声痛哭。我第一次看到一个男人哭成这样。

不久,王老师调走了。山依旧,水依旧,他忍受不了没有梅的日子。他是爱梅的。我母亲说,梅命苦,没这个福气。母亲还说,你梅姐,多好的人哪,老天怎么就这么无眼呢?

是啊,老天怎么就这么无眼呢?如果事先知道老天要用这种方式将梅留在村里,我一百个不愿意!我不要这样的心想事成!我宁可让梅跟王老师走得远远的,躲开这场雷雨。同时,我为自己曾想让梅永远地留在村里而深深忏悔,好像我也是作俑的老天的从属一样。

梅用凄惨的夭亡,让王老师伤心欲绝,同时也关闭了一个懵懂少年心灵深处那座正在醒转的花园。许多年后的一个静夜,我曾对这座尘封在时光底部的花园做过一次深长的回眸,这时我已认定花儿开在了一个完全不合适的季节,我为这段错开的美丽写了一首《梅》,作为祭奠——

梅,至今我还记得
你斜倚竹篱,绣一低头的涟漪
一些羞于启齿的念头
在粉腮上爆甜甜的芽儿

梅,至今我还记得
你去三月的陌上采桑
瞳孔里奔涌着
一条迷途的桃花水
浪声很低,夜夜轻喧在
一本厚厚的蓝皮日记里

梅,至今我仍然不知道

你在他乡还好吗

是否也会想起你的家乡

你的竹篱,你的如烟的少女时光

你是否知道每当雨季来临

我仍然会在那片故乡的桑叶下躲雨

为着一句迟迟尚未悟出的彩虹

傻子般激动不已

后来我也离开了村里

因为,我已经长大成一个真正的男人了

好男儿志在四方,我于是跑遍了四方

而且,还将继续跑下去

有一次,我坐火车远行,途经 H 站。H 站是个大站,上下车的人多,一阵急促的脚步声提示我:对面的空铺来人了。接着,便听见行李箱塞进铺底的磨擦声。这些动静对于长年在外奔波的我早已习以为常,瞥都懒得瞥一下。然而,那人安顿好后,竟开口说话了。我听见他在打电话:"喂,我已经上车了,嗯……好的,再见。"一口文绉绉的普通话让我倦意顿消。

我起身坐在铺沿儿,看过去……居然,他也在看我。四目相对,俩人都惊讶得站了起来。"咦呀,是你? 居然是你! 王老师!"

虽然时光在人脸上镂刻了许多沧桑,我依然认出了来者就是当年的王老师。当然,王老师也认出了我。

火车吭隆一下,使站立着的我与王老师一个趔趄扑撞在一起。我们摸了摸撞痛的头,相视一笑坐了下来。火车缓缓驶离 H 市。

我们聊了起来。王老师告诉我,从我们那调走后,他就不当老师了,改行进了机关,而后又下海经商,发了财,有车有房,生活得相当不错。王老师告诉我,这都是托了老婆的福,岳父老爷子身居高位呢!说到这儿,他脸上浮起了世俗的得意。他说刚才的电话就是给老婆打的。正说得兴起,电话又响了。接通后,他忙躺回铺上,声音旋即变得

温柔缠绵起来,与先前打电话的语气判若霄壤……显然,这个电话不是老婆打来的。

我忽然想起梅。我很奇怪,聊了这么久,他竟然绝口不提梅——我们心目中那个共同的好女人!难道已然忘却了,那个曾让他放声痛哭的梅?如果梅当年不死,而是跟了眼前的他,会怎样呢?她能收获到向往中的幸福吗?沧桑变故,时过境迁,飘忽的世事多么让人迷惘!我偏转头,车窗外一掠而过的,依旧是绵延的电杆、高低错落的房屋、整齐的田畦和忽远忽近的峰峦。火车的速度使得这些景象千篇一律地变得呆板、僵硬,而遮蔽了其细部的生动。我的心里涌起了无限惆怅。

火车又吭隆一下。我到站了。我与还在缠绵中的王老师匆匆道别。我需要在此转车,去投奔数百里外的另一座陌生城市。下了车,来不及思考前面等待着自己的将会是什么,我就义无反顾地投身到茫茫人流中去了。

第四辑 乌溪笔记

得罪了

汽车驶出县城，顺白河而下，两小时后到了乌溪电站建设工地——两台挖掘机正在河滩里轰隆轰隆地挖捞坝基,层叠而坚硬的卵石使挖掘机止不住地颤动……

公路左边,依山建了一线棚房;空斗墙体,石棉瓦屋盖。这是电站的临时工棚。电站建设指挥部的工作人员和施工队的民工都住在这里。棚房两侧,立着几根木桩。木桩间拉了铁丝,晾着各式各样的衣服。棚房前的土坪里,随处可见丢弃的菜叶、肉骨头、烟屁股、烟盒子和矿泉水瓶子。一位半白头发的农妇正提着塑料袋、拿着火钳夹那些瓶子盒子。正午的阳光当空泼下来,使她的白头发更加耀眼。

乌溪电站总装机容量3万个千瓦,是我们昭陵集团投资建设的水电站,也是乌溪村在乌溪乡党委、乡政府的领导下成功引进的招商引资项目。用乌溪乡党委书记欧阳正旺的话来说:"……乌溪电站的开工,标志着乌溪村新农村建设迈出了可喜的第一步……"

乌溪电站开工后,乌溪人民欢欣鼓舞,再接再厉,又想迈出可喜的第二步——将我们集团年产2万吨工业硅项目引进该村。

别看乌溪山偏地远,乌溪人却很有智慧。为了再次引进项目,他们搜山刮岭捉来五步蛇,配土鸡做成地道的龙凤汤;他们咬牙忍痛宰了看家多年的老狗,架起铁锅炖得烂香烂香;而后上门隆重邀请集团领导来村里做客。集团领导起初有些踌躇,抵不住龙凤汤和狗肉香的诱惑,最后竟欣然赴宴。于是,红漆的八仙桌一字儿摆开,大碗的糯米酒层叠着端上来。面酣耳热之后,乌溪人趁机摆出在乌溪村建设工业硅项目的好处,概括起来主要有两点:一是工业硅系高电耗产品,在电站附近建设省去了长途架线的高额成本;二是硅厂一些技术性不强的体力活可以安排乌溪人做,既解决了硅厂的用工问题,又免除了乌溪人

年年背井离乡、南下北上打工挣钱的艰辛,是一件既惠工又惠农、功在当代利在千秋的大好事! 我们何不携手并肩、共创大业?!

集团领导惊诧于乌溪人的见识,感动于乌溪人的赤诚,在反复斟酌、权衡利弊之后答应了乌溪人的招引。我们此行便是受集团委派,来乌溪村筹建工业硅项目的。

离开电站工地左拐,沿着一条凹凸不平的土马路再行驶两公里,便到了我们的目的地——昭陵硅业有限公司(为便于叙述,以下简称硅厂)建设地。集团征地拆迁协调小组的柳平等人已在此等候多时了。

哦,这里的风景美极了! 乌溪水碧亮碧亮,从曲曲弯弯的山峡中迤逦而来;乡间公路贴着乌溪水摇头晃尾,结伴而行;两边山峡,峰峦迤迤;简朴优雅的木楼,点缀在山脚的平阔地或山腰的缓坡处,炊烟袅袅,伸向悠远的蓝天。我不由得深吸了一口气,觉得这里的空气都格外沁人心脾。

马路左边约 3 米高的田坎上,一溜儿长田横亘在山脚。柳平告诉我,这些田合计 8 亩,是七组和八组的,已全部为集团征用;由于建厂面积不够,还加征了田上边的半岭山坡;山上的界碑已埋设好,只等开挖。

也就是说,这里亘古以来的幽雅恬静,很快就要被挖掘机、铲车、推土机等建设机具的喧闹声所替代;乡间鸡欢狗叫的土马路上,很快就会有运输车辆穿来梭往,晴天扬起漫天黄尘,雨天坑洼着遍地烂泥。这一切,都将在我们这帮人的指挥下发生。置身美丽的乌溪山水之中,我心里忽地涌起一股强烈的负疚感。

但美丽的乌溪太清贫了,至今还有人依赖鸡屁股、鸭屁股艰难度日;至今还有老人因无钱治病而听天由命……

于是,有了工农联姻,共谋一方脱贫致富的幻梦!

于是,我只能在心里对着美丽的乌溪山水说一声:得罪了!

吃狗肉

狗乃乡间常见动物。

行走于村野陌路,农舍篱前、茅草丛里,冷不丁就会钻出一只黄狗,汪汪汪地冲着你吠。胆小之人常被其凶巴巴的模样吓住,止步不前甚或夺路而逃。犬吠是乡村与你打招呼的一种特有的方式,吠了一阵后它就会呼呼地吐着舌头、摇着尾巴依依地傍你左右而行。狗是颇通人意的灵性动物。

寒冬腊月,一些老朽年迈的狗熬不过了,人们便将其宰杀,大块切了,佐以桂皮、八角等香料,架起铁鼎罐用文火慢慢地烹……烂香烂香后用海碗舀出,呼来左邻右舍,吆五喝六、斗酒猜拳。狗肉性温提火、滋阴壮阳,尤宜冬天食之。再冷的严寒它也能让你的脊背浸出细密的热汗。一些青壮后生吃多了,元阳太旺,夜里频繁拿堂客出气;整得堂客又喊又叫、又哭又笑。

对于吃狗肉,硅厂筹建总指挥张春喜却另有一番心得。他不但冬天吃,三伏天更爱吃!许多人不解,以为伏天吃狗肉必烂五脏六腑,便向张总质疑。张总笑而不答。待问者忒急了,方不紧不慢地说:"你拆开三伏天的'伏'字看看,左边是人,右边是犬,其意很明——人狗相合为'伏';如此一解,不就明白三伏天为什么能吃狗肉了吧?"张总的解释令问者茅塞顿开。

乌溪人深谙张总的嗜好,曲意迎合;隔三岔五,总有人烹了狗来请张总。我们筹建指挥部众人也得以随行,共赴狗宴。工农相聚,其乐融融。于是乌溪村山山岭岭掀起打狗热,从此乌溪犬无宁日。

八组组长苟学文与我们相交甚密,组织狗肉宴也最勤快,人称"狗队长"。"狗队长"脑子活,相中了硅厂投产后几百名员工的嘴巴,在离硅厂50米处的马路旁搭起半爿小屋,做起了快餐和烟酒副食的小买

卖。平日无事,他便四处访狗,打来后就邀我们。建厂初期,张总不常来工地,"狗队长"就去电话请。等张总来了才下锅烹狗。那段时间,"狗队长"的小店是我们吃狗肉的基地。常来吃的除我们外,还有乌溪村的村长、支书、村委们,甚至乌溪乡党委书记、乡长在 5 里外的乡政府闻到狗肉香, 也开着那辆又破又旧的吉普车赶来了。我们在这里吃狗肉、谈工作,硅厂建设中的许多棘手事都是在这浓浓的狗肉香里讨论解决的。

后来我跟张总开玩笑:"你真不该来乌溪,连狗也怕你了,看见你都要绕着走。"张总嘿嘿笑。

玩笑归玩笑,吃狗肉也能融洽工农关系,倒不失为一桩趣事。

在张总的怂恿下,炎夏酷暑,我们也试着吃狗肉。奇怪的是,吃下去非但不上火,反而凉丝丝的,似乎比冬天吃更有滋味些。

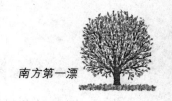

南方第一漂

乌溪山水极美。

便有那灵泛之人,打起了山水的主意,花钱买来橡皮筏子、木桨、太阳帽、草鞋、救生服等,办起一个漂流公司,名曰:南方第一漂。店名之大,足显山里人的胆识。墨宝是本县一位知名书家所赐。字迹飘逸而有神韵,想必也是浸润了乌溪山水的灵气吧。

这位"灵泛之人"便是村长李才顺。

才顺三十出头,早年耐不住山里的寂寞,走南闯北,攒足了见识,很会来事。乌溪村的招商引资和新农村建设,都是在他的精心营造和强力推动下轰轰烈烈地搞起来的。他精于算计,知道一分钱怎样变成两分钱、三分钱甚至更多钱的诀窍。他是硅厂与乌溪村之间的重要纽带。

漂流公司与硅厂工地隔路相望。我们进驻乌溪时,它已彩旗飘飘地挂牌营业了。名曰漂流公司,实为六排五间的一座木瓦房,二层楼,临乌溪水而建,四壁上着黄色油漆。才顺为公司总经理。管理人员两名,才顺的老婆凤妹和妹子兰兰。除了做漂流外,还供应具有浓郁农家风味的饭菜。

平常日子,但见些俊男靓女,骑着摩托,戴着头盔,鲜衣飘飘地呼啸而来。进屋交了钱、换了衣服后,才顺开着那辆重庆长安面包车将其送往乌溪上游的漂流起始点。一伙人撒一路尖叫和欢笑,水淋淋地漂下来,一个个的身体被衣服裹得紧紧,尤其是女孩子,从上到下,曲线流畅得连蚂蚁都站不稳。

每到周末,有小车数辆鱼贯而来,泊在店前。狭小的土马路常常塞车,进进出出的拖拉机、中巴车、小四轮、农用车堵烂一路。喇叭声、叫骂声不绝于耳。此时,才顺兴奋地当起了乡村交警。他一边给司机发

烟,一边吆喝着让道开路。妹子兰兰也风情万种地傍在门前,与那些司机打媚眼、递闲话。倒让那些司机不烦不恼了,正欲下车与兰兰打趣说野话,路却又不合时宜地通了。

　　由于挨得近,加之需要买些生活用品,工余时间,我们经常光顾漂流公司坐一坐、歇一歇。起初,凤妹端茶摆凳,很热情。但由于我们的鞋跟难免带些泥泞进屋,时间一长,凤妹的脸上便不好看了。她一面扫屋一面唠叨。有一回才顺听见了,劈头盖脸一顿臭骂,把她骂哭了。我们很不好意思,便不再去漂流公司坐了。但当上级来检查需要开餐时,我们仍然将接待餐放在漂流公司开。凤妹的脸上又灿烂起来。

　　乌溪山高水远,人们每年种完庄稼后无所事事,农闲日子兴起了玩牌赌博之风。年长的,三毛五毛赌着玩;年轻的,一扎一扎地赌,俗称"扳豹子"。有点家底的直到输得精光,没钱的去借高利贷赌。乡派出所曾禁过几次,但收效甚微。村里一老者,嗜赌如命,屡赌屡输,屡输屡赌。有搞笑之人给他取了四个分别带有四国特征的名字:中国名曰光输皇帝,韩国名曰经得输,日本名曰输光袋子,俄罗斯名曰输得不亦乐夫。一些人在本村赌不过瘾,还要跑到外地去赌。才顺便是其中之一。

　　开漂流公司之前,才顺与人合股办过一家锰矿厂。那两年水涨船高,行情不错,每人赚了十几万。才顺见好就收,撤股回村办漂流公司,也是稳赚不亏。钱是人的胆,才顺迷上了赌博,常开车去外地赌。几个月下来,输掉十几万。才顺眼圈发红,借了十万高利贷又去赌,又输得精光。放高利贷者派了几个"烂崽"日夜逼债。店没法开了。才顺托人说合,将"南方第一漂"作价卖给了我们。那排大瓦房后来成了硅厂的员工宿舍。

妥 协

　　硅厂建设用地既是一溜长田,又高出马路 3 米,为场地的稳固,靠马路这边免不了要砌挡土墙。我带人量了长度,有 200 多米。通过计算,墙体工程量为 1000 立方米,挖墙基和墙身的土方量大于墙体工程量,为 1200 立方米。如采用毛石砌筑,须采购毛石 1100 立方米,还有水泥、沙石等。由于靠近马路施工,问题就多了:一是毛石体积大,不能堆放太远,必须就近才方便施工,加上水泥、沙子,有近 2000 立方米的施工材料,本来就狭窄的马路估计会被占掉一半;二是土方外运,载重车辆来往频繁,路基本来就薄弱的马路不堪重负,很有塌方的危险。此马路是乌溪乡连接县道的唯一通道,人多车繁,是乡村敏感的神经。仅上述两点,就足以严重影响交通安全。

　　为安全高效地施工,我们派人与石场、沙场协商,材料按每天所需配送,定期结算;土方外运以本地的拖拉机和小四轮为主,实行费用包干,倒土地点由车主找,相关问题都由车主负责。这就是,凡事要有规则,规则定好了,一团乱麻也能理出头绪来。更有利的是,风险相对减少,工程可以有条不紊地展开了。

　　挡土墙基础放线那天,才顺提醒我,这段马路很快要进行水泥硬化,据说还要拓宽,此事归县路管站管,你最好与他们联系一下,放线时双方有人在场,免得日后扯麻纱。

　　我立马与路管站联系。对方说路确实要拓宽,究竟拓宽多少,尚在研究中。事关重大,我赶紧打电话请示张总。张总让我直接请示集团董事长。我又拨通了董事长的手机。董事长在那边想了一会儿,指示我干脆让进去一米。然后无论怎么地都别管它了。这一米是个什么概念呢?一是我们白白损失了一米土地;二是再往里挖一米,土方工程量增加了一倍。当然,企业作为社会的一个组成,在与其他社会组织发生利益

冲突时,也必须遵循相互妥协的规则,方能与社会和睦相处。我想,董事长这样做是符合规则的。

为慎重起见,我连去三个电话请路管的人来看;但都说忙,要过几天才有空。

又是六七天过去了。迟迟不能开工,我心急如焚,便指示施工队开挖。

等到墙基全部拉上来后,路管的人来了。来人前前后后看了一会儿,什么也没说就走了。

第二天,路管又来了。不同的是,这次的人多了好几个,一下车就找我,嚷嚷着说还要让进去一米。

"这地是我们花了钱征了的,凭什么你们说让多少就要让多少?"我心里窝着气,语气很硬。

对方一位瘦高个也激动起来,他扬了扬手里的一本小册子,说:"你懂不懂《公路法》?回去好好学习,学懂了再来管事!"

我也针锋相对:"你懂不懂《公司法》?知不知道公司的财产同样受法律保护?看来你也得回去好好学习才行!"说完我就走开了,再也不理睬他们,任他们七嘴八舌地在身后嚷。

末了,他们凶巴巴地去威胁施工队,说要没收施工队的工具。施工队害怕了,都停了下来。他们随即开车走了。他们走后,我立即吩咐施工队开工,并承诺一切责任由我们来负。

事后,董事长来检查工程进度,责备我们太慢。我便将路管的事向他汇报。他听后很高兴。"好!好!就得这样,人善被人欺,马善被人骑。他们若真敢抢工具,就把他们的车子推到乌溪河里去!"我们大受鼓舞,摩拳擦掌,严阵以待。

孰料这以后,路管却再也不说什么话了。

等到他们也来修公路时,我们的挡土墙已砌好,场地的三通一平也已完成。

为保持路面通畅,他们的推土机、压路机等机具需要经常停放到我们的场地上来。与人方便,与己方便。我们不计前嫌,任其停放。双方见面点头一笑,互敬香烟,全没了先前的剑拔弩张。

放 蛊

司机小秦受人怂恿,去乌溪乡汩水村买土鸡蛋。第二天感觉肚子胀,隐隐作痛,但不吐不泻。他仗着年轻,没怎么在意。谁知这胀疼感仿佛在他肚子里安了家,没停没歇了。小秦慌了,忙去医院检查。查大小便,正常;查血常规,也正常……医生琢磨不清,试着当炎症治;打针吃药,没少折腾,却不见好,把个生龙活虎的小秦磨得黄皮寡瘦,一脸死气。

"狗队长"来工地玩儿,见小秦的模样,回去抓了把生黄豆给小秦吃。生黄豆又涩又腥,常人是吃不下的;小秦却嚼得嘣嘣响、喷喷香。"狗队长"大叫:"不好,肯定是中蛊了。"我们被吓住了,央着"狗队长"务必要想办法找解药救小秦。小秦更是勃然变色,差点给"狗队长"跪下了。"狗队长"沉吟半响,答应试试。

蛊毒是很要命的,中蛊之后若不及时找到解药,就会全身发乌,肚腹日渐膨胀有如身怀六甲,最后难受而死。在湘西地区,放蛊之风自古有之,沈从文先生在他的散文里对放蛊亦有过记述。放蛊者都为女性,称"蛊婆"。此技传女不传男。蛊毒的制作材料相传为毒蛇、蜈蚣、蚂蚁等等,但无人考究过。仿佛吸毒者间歇性发作一样,蛊婆也有蛊瘾,每隔一段时间必要放一次蛊,对象多为小孩和外地人。若蛊瘾发作又找不到可放的对象,就放自己的家人,而后再在食物里悄悄放解药收蛊。蛊婆为害一方,人们深恶痛绝,但由于蛊毒至今尚无科学上的解释和论证,因此对蛊婆放蛊害人的行为还难以惩处。解放初期,湘西某县百姓就着人民民主专政的强大威力,将本地几位"蛊婆"捆往法院请求法办。法院顺应民意,对"蛊婆"进行了判决。1954年10月,省高院在检查中发现了这批放蛊案,经认真审理后认为证据不足,又一律平反了。

　　与我相交甚密的一位湘西籍老作家在他的小说里对放蛊也曾作过一段凄美的演绎——由于交通闭塞,长年生活在深山里的山民们生活物质资源极为困难。不知哪年起,山里来了"货郎客";挑着一担箩筐,摇着货郎鼓,将山外的油盐酱醋、肥皂针线等日常用品挑进山来,再将山里的兔羊狸麂等野味山珍挑出山去,打通了山里山外的贸易。山里人古道热肠,很敬重货郎客;好酒好菜给他吃,好铺好床让他睡;货郎却不知足了,他们被那些明眸俊脸、细腰丰臀的山里女子迷住了……货郎大都是些色胆包天、善弄风情之流,几番眉来眼去,言语挑逗,就将人家勾上了床。货郎走时,信誓旦旦地保证不变心。走后却一去不复返。那些上当的山里女子望眼欲穿——胀了肚子,又丢了名节,只好寻死。这类苦吃多了,便有那聪颖的女子,苦思冥想,千番试验,费尽心机研制出可以控制发作时间的蛊毒和解药,专用于惩治那些负心郎。她们在货郎临走的头天晚上,极尽缠绵地悄悄下药。而后对货郎千叮万嘱:一定要按期回来!那自以为聪明的货郎仍然口是心非,过了期限后蛊毒发作,痛苦而死。

　　我将此故事在工地传讲。那些刚被蛊毒吓坏了的同事们听后,居然显出痴迷的神色来。我终于明白为何将此毒谓为"蛊"了。蛊者,惑也。生活中蛊惑之事比比皆是,蛊惑之中藏毒纳险,可致人性迷乱,惜多数人未能识别之。人啊!

　　据说乌溪乡也有一两个放蛊之人,但谁也没见识过,我们就没太在意。"狗队长"说,去陌生人家吃饭,若疑饭菜中有蛊,接碗时只须伸出五爪,罩着抓接过来;若真碰上放蛊人家,她见你如此接法,就会慌不迭地收回去,并说:"不好意思,饭菜里粘了点儿锅灰,我给你换碗干净的来。"换过后的饭菜便尽可放心食用。

　　"狗队长"四处托人给小秦找解药。不知吃了多少,仍无转机。小秦只好去省城医院检查,花了两千多元检查费用,结果一切正常。但腹中的胀痛感仍然顽强地存在。小秦的妈妈怀疑是中了邪,到处求仙问卦,也各说纷纭。小秦无奈,索性横下一条心,不就是个死嘛,不管它了,也不忌口了,照旧吃喝无忌。半年后,腹内的胀痛感荡然无存。

刘金才迁坟了

　　八组的刘金才是个瓦匠。在农村,匠人要算半个知识分子,因为他毕竟有一技之长。我的家乡也有几位瓦匠,性情谦和,技艺超群,颇受人敬重。我以为,这才是真正的"匠人气"。刘金才却不具备这种"匠人气"。乌溪人讲,论技艺,刘金才倒也一般,但他性情暴戾,稍有不当就恶语相向,极难相处,此其一;其二,他缺乏集体意识,比如地方公益上的事,经过讨论大家都通过了,他偏要拗,一个人在那里发难,闹得大家不愉快。因此,尽管他身怀技艺,仍无人愿意请他。他却不反省自己,偏要记大家的仇,认为是大家在欺他一个人。长此以往,刘金才在地方上就成了孤家寡人。

　　挡土墙完工后,我们组织挖机、铲车和运土车辆,向那半岭山坡进军。根据工艺和物流要求,硅厂要形成阶梯式的两层平台:一层平台修建厂房,一字儿排开数台矿热电炉;二层平台做料场,与厂房的二层楼面相连,便于投料进炉。因场地有限,必须将这半岭山坡切平,作为二层平台使用。

　　一天,挖机手于建来喊我,说刘瓦匠在山上阻工,不准挖。

　　竟然有这等事? 我们来此建厂,一向小心翼翼,好像没惹着他呀? 我跑去一看,刘金才果然黑着脸坐在挖斗里;一见我就破口大骂:"你们这帮畜生,没爷娘把握的东西,居然挖了我的祖坟,看你们怎么收场?!"骂完就嗷嗷大哭。

　　我仔细查看,挖机的挖斗下面,果然有个洞,露着一截朽木。

　　我有点儿愠怒地看着于建。于建慌了,忙说:"我挖之前这里平坦坦的,一点儿也不像有坟的样子,不信你可以问他们。"他指指站在一旁的司机们。"是的是的。"司机们纷纷附和。

　　刘金才更加恼怒,抓起一根棍子要打于建。我赶紧抱住他:"老刘

您消消气，事情既然这样了，不如我们坐下来商量个解决的办法，如何？"刘金才又哭又闹，死活不依。

听到哭闹声，刘金才的两个儿子和老婆也大骂着奔过来。我见势不妙，一面示意于建快跑，一面安排人去喊村长、支书和"狗队长"。

村长才顺、支书肖世杰和"狗队长"很快赶到。他们边劝边拉扯着刘金才一家人往"狗队长"的小店走去。

不知谁给乡政府打了电话，欧阳书记也很快赶来了。

征地事宜是由集团协调小组负责的，我便打电话给张总，让他请柳平等人一道来协调此事。

几方面的人到齐后，刘金才一家闹得更凶了。

欧阳书记立即主持协调。他让"狗队长"先稳住刘金才一家，其余到"狗队长"小店的包厢里开会，商量对策。

柳平先发言，他说："山上的坟墓征地时已点清了的，补偿费用也已到位；当时刘金才并没有提出他家里还有棺祖坟；明摆这是棺无主的野坟，现在却说是他的，这不是讹我们吗？"

才顺笑了："你这话只能在这里说说，让他们听见了，会激化矛盾的。我的意见是不论真假，都按规定赔他，不就几百块钱嘛，就当打麻将输了。"

这边的意见统一了，刘金才却不干。他说事先没通知他，按规矩要先迁坟才能挖；如今动了坟气，这一点怎么赔？

才顺、支书、"狗队长"和刘金才一家人在外面展开了舌辩。好说歹说，最后达成补偿1000元的协议。

我们觉得有点儿冤，不服。欧阳书记发话了，他说农村工作有一定的复杂性，干部们也挺不容易，特别像才顺他们这些基层干部就更不容易了，有时费了力受了气还不讨好；1000元钱对于企业来讲也不是什么大数目，就当扶贫了。

书记的话不无道理，我们只好答应。但要求尽快迁，以免影响工程进度。

"当然当然，限两天迁走。"书记对才顺说。

才顺出去一下又进来了："刘金才说两天太紧，迁坟要看日子，万一这两天日子不好就不能迁,宽限至一周吧。"

"不行!"这回不用我们开口,书记斩钉截铁地说话了:"你们村里出200元钱将看日子的先生买通,就说明天是黄道吉日,务必迁。刘金才若再作难,你们就告诉他,他新起的木屋占了田,还没处理呢,如果再不配合,乡政府马上拆他的屋。"

第二天清早,山上鞭炮响——刘金才迁坟了。

不谐之音

村支书肖世杰的家在乌溪电站那边,靠近公路。每次路过,都会看见他坐在门口,我摇下车窗玻璃,点头一笑,算是打招呼。虽不密切,也无隔阂。乌溪村与别的村不一样,别的村支书说了算,乌溪村却是村长说了算。我们有事都是找才顺,才顺再与支书通气。

有一回,支书看见我们的车,扬着手跑过来。原来他家的新屋场需要填土,想让我们的车辆运些土给他。我满口答应,许诺不但给他运土,还派挖机帮他将场地碾平。

“好好好!”支书很高兴。

由于硅厂还需在山上再征些地用于修建水塔。事情比较急,才顺又不在家,我于是就汤下面,与支书说了。

“你们搞就是,小事一桩。”支书很爽快。

我大喜,当天就安排技术人员上山搞勘察,设计水塔。

眨眼到了年关。为融洽关系,我向张总建议,买点儿礼品,分别到村长、支书和被征了地的两个组的组长家里拜个年。反正厂子在此落户,日后少不了他们的支持。张总说不必,本来就是他们招商引资来的,这套礼节不兴也罢。

我隐隐的有点儿担心。

春节过后,水池的设计图出来了,施工队上山开挖。

没几天,包工头来报:“农民上山抢工具,说未办征地手续,不准开工。”

因为有预感,我没有太多的紧张。正巧张总也在,便一同驱车去找支书。支书不在家,他小女儿说去“狗队长”家了。

我们又找到“狗队长”家。跨进屋,除才顺外,支书、“狗队长”和七组组长方胜都在,正围着火塘吃饭。那架势,仿佛正在等待我们到来。

只有支书的神色略微有点儿不自然。

方胜话里有话:"几位领导过年好啊,我们当农民的寒酸得很,没能给几位领导拜年,少礼了!"

"哪里哪里,是我们少礼了!"我们忙应和。

他们边吃饭边跟我们寒暄。年过得热不热闹啊?打牌手气好不好啊?"狗队长"抱怨最近老输。大家就笑他夜里好事做多了,手气自然背,过年了也不悠着点儿。他的女人听到这话,脸一红出去了。张总说我给你算算,眯起眼装模作样地掐手指。掐了一阵后睁开眼说:"过了初十才会好,初十之前千万别打牌。"大家哈哈笑,说想不到张总还懂这个。张总一脸肃然:"我平日出门都要掐一掐的。"大家又是一阵乐。

等他们吃完饭,张总一收刚才的嬉笑样,一本正经地说:"各位领导,我们今天来,主要是想就当前的工作向各位汇个报。硅厂的建设在各位的支持下,已完成了工程进度的60%,还有40%未完成。董事长要求我们四月份投产。时间短,任务紧,现已进入攻坚阶段。希望各位一如既往地支持我们。目前我们的重点是要建好水塔,由于时间急,没跟各位打招呼就开工了,是我们不对,请求各位原谅并协助我们解决当前的矛盾。不知各位意见如何?"

我本来在思谋着如何进入话题,没想到张总的口才倒令人刮目相看了。

"狗队长"接过话茬:"我开始不晓得这件事,后来不断听到村民的反映,只好来看看。但事实是这个样子,我们也难做工作啊。"

方胜更干脆:"村民们都说我们几个得了硅厂的好处,其实我们什么也没得,反而背了个大黑锅。按照村民的意见,土地再也不卖了,虽然是招商引资,但我们只能对界碑以内的事情负责,界碑以外的就不好办了。"说完,他向"狗队长"使眼色,两人一起出去了。

协商僵下来。张总拍着支书的肩膀说:"刚才他们在我不好说,这件事你是表了态的,怎么也不担一点担子?"

支书为难地摊开手:"他们两个组闹得这么厉害,我怎么好说呢?!"

张总急了:"那怎么办呢?"

支书说："等才顺回来再商量吧。"

看来事情只能这样了，工程只得停下来。

才顺回来后，我们找来乡领导和协调小组的柳平等，几度协商，重新补办了征地手续，水塔才得以开工。

事后柳平告诉我："这件事自始至终都有人在背后操纵。一来支书的表态作不得数；二来嘛，有些事我就不好说了，以后你们要学聪明些！"

这是我们跟乌溪村之间的第一次不谐之音。除了我们的确有点不合程序外，更让我们认识到：过去对农村太不了解了，农村也有场，也有潜规则。

是乌溪山水的美丽和清贫让我们忽略了这些。

钢筋工的爱情

厂房主体工程开工后，工程建设逐渐走上正轨。由于厂房是框架结构，因而钢筋和混凝土的施工至关重要，每天我都要亲自去现场查看。

一天，我正要去现场，忽听那边传来吵闹声。我赶紧跑过去，只见施工员老李正与一名钢筋工在争吵。那钢筋工气鼓鼓的，一见我就哇啦哇啦地嚷起来。他语音含混，吐字不清，有严重的语疾。

经过仔细询问，我终于弄明白他要请假去县城；而且，他请假的理由非常令人讶异——买花！由于人手少、工期紧，老李不同意，结果两人争吵起来。

温柔缠绵的鲜花向来与浪漫情怀结缘，可眼前的他，土里土气，愣头愣脑，话都讲不圆，买花送谁呢？谁又会接受他送的花呢？

他哇啦哇啦地又叫起来，脸憋得通红。

仿佛突然间来到一片陌生而新鲜的土地，满眼摇曳的狗尾巴草和刺藜花定然掩映着大地那深不可测的秘密。我忽然对他起了探究的兴趣。我索性把他请到办公室，让他坐下来慢慢细说。他毫不客气地接过我倒的水，一仰脖，喉结一上一下，咕噜咕噜响，杯就见底了。

我们拉开了话匣子。从他含混不清的表述中，我十分吃力地琢磨出了他的背景——他是乌溪山乡竹叶村人，上个月来到硅厂工地做事。小时候一次高烧愈后不良，导致他发音畸形。由于这一点，村里很多孩子歧视他，故意逗他、戏弄他，经常气得他眼泪汪汪。只有三凤不歧视他，反而帮他。每当有孩子七嘴八舌地戏耍他时，只要三凤在，她就会挺身而出，伶牙俐齿地痛骂，直到把那些孩子都驱散，而后牵着他的手，在小河边、田埂上、草垛旁放肆地奔跑、尽情地嬉戏……三凤的眼睛大大的，脸庞红扑扑的，在他眼里，就像天上的仙女。打小他就觉

得,这辈子要是没有三凤,活着就没意思了。

长大后,他们依然保持了孩提时的那份亲密。纯朴的三凤用她的善良、正义和爱心,雕刻了他内心深处那份不容亵渎的神圣,使他在面对不公的命运时依然看到了生活的美好。他发誓,要让三凤一辈子都得到幸福。

由于身体的缺陷,他们的事情遭到了三凤父母的强烈反对。三凤的父母甚至采取了限制三凤自由的蛮横方式来阻止他们。然而,爱的力量是足以摧枯拉朽、山倾石崩的。他俩一咬牙,双双去了广东。

在老乡的帮助下,三凤进了一家电子厂,他则到基建工地做付工。

做了一段时间,他发现,绑扎钢筋是一门技术活,工资也比付工高得多。于是,凭着自身的刻苦和坚韧,他学会了钢筋绑扎技术,成了一名钢筋工。工资也由原来的一千多块加到了三千多块。

水泥、砂石、钢筋……这些代表着生活硬度的词汇丝毫也消磨不了他揣在内心里的那份柔软。每月结算工资后,他都会如数交给三凤保存。几年下来,他在三凤手里的存款突破了十万。他还给三凤买了戒指、手链、项链、手机等等,凡是城里女人有的,他都想给三凤买。把三凤装扮得珠光琳琅,自己却粗枝大叶、衣冠不整。他固执地用这种方式,让三凤时刻感受到他为她创造的幸福。

上个月,他的母亲中风卧病。为了尽孝,他不得已辞去广东的工作,回家来找事做。好在就在本乡的工地做事,好在也是扎钢筋,每月工资也有三千元左右。除了给母亲抓药,余下的钱他仍然存到远在广东的三凤的卡上。

听完他的故事,我感叹不已。想不到贫瘠的乌溪山野里,竟然生长着一份如此倔强的爱情!丰硕娇艳,摇曳生姿,足以让那些在享乐主义的旗帜下苟合的男女黯然失色且无地自容。

那你去买花干什么呢?我想起了他请假的理由。

他一脸灿烂——他的心上人三凤明天就从广东回来了。

我不禁哑然失笑。我想,三凤真是有福,摊上个这么全心全意的男人!这年月,上哪找去?

祝福之余,生性多虑的我隐隐地起了担心——我觉得他是用他的

134

整个生命去爱,爱得如此彻底、毫无保留!而且,他的这种呵护情感的方式,会不会让三凤在收获甜蜜之余,滋生出对金钱、物质以及种种虚华的无边无际的追求,进而嫌他厌他,弃他而去呢?到那时,他鸡飞蛋打,生命的大厦是否会崩塌呢?

我隐约地向他讲出了我的担心,他的头摇得像拨浪鼓,一口咬定三凤不是那种人,我对她那么好,她没有理由背叛我。

我进一步:我是指万一。

他沉默了……显然,我的话在他心里掀起了波澜。他有点手足无措,不知该如何回答(或者,是不知该如何面对)。他的目光闪闪烁烁,像一道道惊鸿,掠起了心头的阵阵忧虑。我后悔自己多嘴,不该戳破了他的那份宁静与完美。我知道他从来就没有想过这样的问题,也许根本就不会有这样的问题!

世上本无事,庸人自扰之。我相信,这纯粹是我的多虑。他与三凤原本就两小无猜、相亲相爱,各自融进了对方的生命里。这种水乳交融的爱情,又岂是浮光泛影的物欲所能摧毁?!

在我的斡旋下,施工员老李终于同意了他的请求。正好我们的工程车要去县城采购物资,就把他给捎带走了。

我的眼前幻出一幅这样的图景——

宽阔的田野上,一个女孩牵着一个男孩的手,笑着、闹着、追逐着,一串串响亮的笑声在高高低低的田畦里撒落,白云在头顶飘漾,蜜蜂在空中飞舞,而在他们奔跑的身体周围,油菜花铺天盖地……

招工风波

硅厂被列为县里的重点项目,即将建成投产。县委县政府的领导多次来视察,要求我们高标准、高起点,把硅厂建成一个具有现代化气息的企业。为落实上级指示,我们多次开会研究。觉得企业要搞好,人员素质是关键,那么硅厂的用工将面临一个怎样定位的问题。研究来研究去,大家都倾向于面向社会公开招聘这种方式,并提出招用的工人都要达到大专以上学历。

本来还是酝酿中的事情,不知被何人漏了消息,再经好事者一演绎,传到乌溪人耳朵里,就变成"硅厂招工不要一个乌溪人"了,且点名道姓地说是某月某日张总亲口对某某人说的。这句话兀地把硅厂划到了乌溪村的对立面。

这还了得——

我们招商引资把你们招到这里来是做什么的?不就是为了我们乌溪人将来有口饭吃,不再南下北上到处打工吗?!

你们破石头也要大学生吗?拖板车也要大学生吗?别以为我们农民什么都不懂,告诉你们,大学生能做的事,我们也能做!老子横竖就是要到硅厂来上班!

我们到硅厂做事,又不要你们安排住房,这样便宜的工人你们上哪找去?

我们的土地那么便宜卖给你们,到头来还要被你们嫌弃,你们还我们的田,还我们的谷子,我们的土地收回不卖了!

村长呢?支书呢?他们躲到哪里去了?是不是被硅厂喂饱了,如今屁都不放个了!找他们去!

……

村长、支书等人被村民们闹嚷嚷地找来了。

才顺大骂张总："你们是怎么搞的吗?放个屁也要看看地方,害得我们巴了一身臭。再说,你们讲这话也太看不起乌溪人了,我听了都来气!"

众怒难犯,张总连忙赔罪,并矢口否认讲过这话,说全是好事者捏造的。"我们的厂房还没盖顶,设备也还没安装好,哪里招么子工呦?!"张总一脸诚恳。

才顺说："那好,这话可能的确是谣言,就算了。不过,你们反正就要招工,今天既然说开了,就当个事扯一扯,大家都在这里听着,省得说我们几个又怎么怎么地。我还是当初那个意见,贵厂凡技术性不强的工作都由乌溪人来做,村里统一按你们的要求安排,如何?"

村民们跟着起哄,"才顺说得对,我们的要求又不高,有份事做就行了。"

"呃……"如此重要的话题,要在大庭广众之下谈,张总难免语塞。而且这事不经董事长同意,他也定不了。

才顺知道内情,便打圆场:"大家都回吧,招工的事由村里与厂里协商个具体方案,再跟大家通气,好不好?"

村民们三三两两地离去了。

张总不表态自然有他的考虑。按理说,招用工人企业有充分的自主权,是企业自己的事,任何人都无权干涉。但乌溪村的情况又是这样,不安排一部分人显然行不通;全交给村里安排也不妥,万一将来闹矛盾,一句话能把人全叫走,厂子就要停摆。

为求一个万全之策,我们想了好几夜,开了好几次会,然后与才顺等人协商,并报董事长同意,确定了如下几条:

一、在乌溪村招收的人数根据岗位需要和电炉开工台数定,不确定总人数。

二、人员全部由硅厂自主录用。同等条件下,优先考虑被征用了土地的村民。

三、被录用的村民必须遵守硅厂的一切规章制度,硅厂有权按制度对其进行奖惩。

四、未被录用和因违章被辞退的村民严禁到硅厂寻衅闹事。

以上四条基本获得了村民们的理解和通过。由于有了优先权,后来被录用的大多是七组和八组的村民。

民间奇人

　　我一直认为，民间这块沃土里潜藏着许多奇人奇事，就像一道道幽秘的山谷，默默地沉寂在那里。比如武术，首先来自民间，一经发掘，举世皆惊。不过，我在本文要描述的却只是一些不登大雅之堂的所谓"奇人奇事"，也可谓野闻轶事，不取大义，聊博一笑。

　　乌溪村就有一两位这样的奇人。

　　八组的冬官算得上一位。

　　冬官经常来我们工地玩。他穿一身灰色西服，农贸市场很便宜的那种；好像很久没洗了，脏兮兮的；裤裆上的拉链经常没拉上，露出里面红红的一截短裤。他看民工打桩，特认真，一蹲就是半天。民工吃饭了，冬官还蹲在那。

　　民工喊："冬官，回去吃饭了。"

　　"不吃，嘿嘿嘿，不吃。"冬官说。

　　民工又喊："冬官，表演一个。"

　　"拿来呀。"冬官手一扬。

　　民工到屋里寻了一只缺碗给冬官。冬官接过碗就往口里塞。劈里啪啦地好像嚼黄豆子，一会儿就把那只碗吃进肚里去了。民工目瞪口呆，又递过一块玻璃。冬官劈里啪啦地又吃下去了。

　　冬官有特异功能呢！民工们沸腾了。

　　打桩的那段时间，民工们经常免费欣赏到冬官的表演。有时遇上木头里的钉子拔不出来，就喊冬官；冬官凑近去，张开嘴一下就咬出来了。

　　村里人说，冬官的牙口厉害得很呢！他娘挑谷子上楼，挑累了，冬官就用牙齿将谷子一箩一箩地咬上楼去。

　　村里人还说，冬官不仅有特异功能，还是一位"阴阳先生"，他能看

见阴间的人。谁家老了人，请道师开道场时，都会喊他去看。冬官别的不看，只管在通天桥的那一刻，将眼睛直直地瞪着天桥看——兀地指着天桥："上去了，上去了，好快当的！"孝子一听，心里一块石头落了地：老人家苦了一辈子，终于荣登天界了！

既是"阴阳先生"，冬官便能看得见谁谁谁被鬼魂附体、死期将至。据说村里真有那么几个人是被冬官看死了的。因此村里人都害怕被冬官看。倘若某人不幸被冬官目不转睛地看上了，便很紧张地躲闪："死冬官也，没事你看我做什么？快别看了！"

"嘿嘿嘿嘿……"冬官便笑，口水流得老长。

冬官笑什么呢？我想，他定是笑这世界太好玩了！人们太有趣了！

三组的顺坤也算得上一位奇人。

顺坤六十几岁，与冬官不是同时代人。村里人说他会隐身术，与你走在一起你却看不见他，只闻到脚步声。这一点我不大相信，我更愿意相信这是村民们善意的夸张。

顺坤会九宫掌。九宫掌能预知前路，卜算未来。只要闭上眼在五指间掐算一阵，世间风云，祸福吉凶，尽在掌握之中。我觉得九宫掌应该跟易经有关。易经是科学。

"顺坤大爷神得很呢！""狗队长"一脸崇拜。前年他与老婆闹矛盾，打了老婆一顿，老婆一气之下去了娘家，数月不回。"狗队长"不敢去接老婆，因为那边的两个小舅子脾气很坏，见姐姐被欺负，少不了要修理姐夫一顿。"狗队长"几个月没老婆，心急火燎，提了瓶酒去找顺坤掐算转机。顺坤捋须一笑，"莫急，到你家去，我替你想个办法。"

到家后，顺坤让"狗队长"找来老婆的拖鞋，用钉子钉在卧室的木壁上，而后口中念念有词地烧了一叠纸。"好了，明天煮好弟妹的夜饭，她必定回转。"

第二天下午，"狗队长"将信将疑地早早煮了一鼎罐饭等老婆。

天黑时分，老婆果然挑着行李回来了！进屋就喊肚子饿。"狗队长"喜出望外，忙给她盛饭。她狼吞虎咽一口气吃了三大碗。吃完就看鸡看鸭去了，好像什么事也没发生过。

一日，我遇到顺坤，缠着他聊天，言谈中露出想跟他学的意思。他

的头摇得像拨浪鼓。"学不得学不得！你是富贵之人，学不得这个；学了这个，一世受穷，断子绝孙！学不得的苦啊！"说完拈须长笑，飘然而去。

过后我问"狗队长"，方知顺坤曾有过一子一女，儿子上山砍柴时被五步蛇咬死了；女儿先是嫁人，后跟一外地佬跑了，至今音信杳无。家里就剩他与老伴惨淡度日。

我吓得一脸煞白，暗暗庆幸顺坤没有答应自己。

离别乌溪

突然接到集团通知，令我立即回总部待命，接受新的任务。事先，我没有得到任何消息，也没有任何预感。掐指一算，来乌溪已整整三年。

就像两个陌生人，耽于某种机缘相识相聚，从艰难磨合到情投意合，忽然间又要劳燕分飞了。

乌溪三年，农村像一本陌生的书，向我打开了新奇的一页。这三年的日子，写满了我的不解、迷惘和困惑。说得幼稚一点，我和硅厂一起在成长。三年时光，硅厂完成了它最初的原始积累，并承担起对社会应负的责任：比如投入几百万元治理污染并使之达到了国家标准；比如捐款捐物资助特殊学校和贫困学子……我不想太多地枚举这类事例，我只是想说，通过三年磨合，硅厂和乌溪已亲如兄弟，密不可分了。

我只是想说，其实农民兄弟都很纯朴很善良，也很通情达理；他们对是非的判断都有一个朴素的自己的标准，甚至可能悖于国家法律，却合乎情理；他们的要求都不高，很容易满足，属于那种"给点阳光就灿烂"的一个群体；他们缺乏实心实意的理解和诚心诚意的敬重；他们贴近大地而生活，像山谷一样狭隘又像原野一样宽广……不好意思，我又开始抒情了，这是为当今许多学问高深之人所不齿的！然而，我在貌似平静地叙述了这么长之后，终于语无伦次了！请原谅，我实在不知道怎样来表达我的离别！

我本来还想说……算了，不说了。

我在与继任者进行了简短的交接后，没有惊动任何人，悄悄地迅速地钻进了来接我的小车里。我甚至没有摇下贴了膜的车窗玻璃，最后看乌溪一眼。我害怕强装的笑脸转瞬就会变成泪眼……

我在车里做了个抱拳的姿势：乌溪兄，后会有期！

第五辑 春天的话语

春天的话语

一根藤蔓在奔跑

一根藤蔓从春天的额头跳下来。

来不及站稳，风一吹，那一缕细细的绿就怎么也停不下。

阳光的鼓，在身后千朵万朵地擂响。

藤蔓上——

一个日子追逐着另一个日子；一张笑脸簇拥着另一张笑脸；一片彩霞波荡着另一片彩霞；一片嘴唇按住了另一片……

嘘——别出声。一根藤蔓扭动着躯体，把一个个流蜜的村庄，拖进春天芬芳的内心。

谁家的少女，采摘的手臂被蔓须缠绕，竹篮里落满了大朵小朵的红晕。

一根藤蔓穿过劳动和美，在大地宽厚的胸脯上弯来绕去。

一根藤蔓骑上篱笆，就从春到秋，哼哼哼地开始奔跑。一根藤蔓打马经过一个又一个季节，滚落遍地瓜果。

大道上，尘土飞扬。

我看见藤蔓串起的一个个村庄，仿佛一片片硕大的叶子，在疾驰的风中哗啦哗啦地欢唱；我看见我的心纵身一跃，骑着藤蔓朝向生活深处忘情地奔跑。

姐 姐

在母亲的枝头，姐姐的岁月流光溢彩。

什么样的鸟在唱？

什么样的竹篮在青青枝下张望？

姐姐的表情遂开始变幻：一些红颜色，又一些绿颜色，却只与季节有关。姐姐她不知道，邻家阿哥，在一朵瓦灰色的积雨云下徘徊，眼含欲言又止的忧伤。

牛儿在坡上吃草

坡上的绿，哗哗地流着。

牛儿在坡上吃草，细致而有耐心，对如此巨大的响声，竟然充耳不闻。

牛嘴里嚼着浅浅的浪，鼻孔扑扑地喷出涟漪。牛背上，躺着一块干干净净的云彩，一动不动。任牛尾巴怎么也甩不掉的，是我少年的影子。

那时候，闭上眼睛我也能看见，远处的山岩那边，春天正在一茬茬地长高。山岩脚下有我们温暖的家，柴门后面妹妹的脸，洗得像炊烟一样白。

绿啊绿，你要流向何方？吃草的牛儿不想回家。

蹚着满坡的绿，我的脚杆儿生机勃勃，眨眼间便已枝繁叶茂。

如今，牛儿在遥远的乡下吃草，我在喧嚣的城里写诗。满纸方格像一排排掘好的树坑，那些汉字踢踏着牛儿吃草的节奏，一笔一画依次跳下去，一个比一个水灵。

土 地

一棵草在不远处呕吐风沙。

快！快把种籽给那个孩子；快！给他缰绳、长鞭、眼泪和速度，看他怎样勒住大地的马头。

得儿驾！得儿驾！马蹄下绽开了莲花憔悴的容颜。那些种籽在他的内心颠簸，像流萤，拼着满腔的膏血，一闪一闪。

快！快追上那个孩子。别让他跑得太远，别让一路疾驰的火焰烫伤迎面而来的春天。

希望工程

钟声，大滴大滴地滚落。

比泪水更晶莹的钟声啊！一遍又一遍，抚摸着一个又一个遥远的小山包。山包上牧牛的孩童，呆呆地凝视着一大片青草——

于是有了钟声，把山地的寂寞搬开，放出哗哗流淌的绿，在一片树叶上吹奏出春天的歌谣。钟声把花房的锁打开，让一只蝴蝶将风喊醒。钟声不断地从体内搬出花朵。钟大开大合，露出疼痛的美。

钟声传来，田野将一匹匹深蓝的绸缎染成金黄。那些直立的身影被风吹弯，一低头就触动了绸缎上沉睡的稻香。攀援着钟声，我们的眼睛渐渐离开洼地，开始适应高处的光线。

钟声啊，一滴又大又亮的泪，从乡村的瞳孔里滚落。

四 季

春

一片葱郁的斜坡。

牛的四条腿像四枚铜钉,将那绿色景布钉在坡上。

姐姐躺在景布上,目光吊在空旷无垠的蓝天。有一片白云,正悠悠地飘过山去。

"嘘,别出声。"

姐姐不安地翻了个身,寂静的裤管里,绽出草根一样嫩白的脚丫。

夏

檐前晾出,一朵丰满的积雨云。

水田里日子长势惊人。

姐姐偷偷去了趟山外,回转时在鬓旁插了一枝野花,那花的颜色好跳。

阿爸捧着显映出神秘天象的粥碗,蹲在黑瓦檐下一声不吭;碗底节气的变幻若隐若现,阿爸用竹筷重重一拨拉,就碰响了一串寂寂的闷雷。

秋

后院桂花开了。

姐姐,那个人又来了,在桂花树下陪阿妈讲话哩;那人要领你去山

那边,那人说山那边可好玩哩。

　　姐姐,你怎么哭了?

冬

　　冬白了,姐去得遥远。

　　有人从山那边捎来一封信。遂凑在灰白的天光下,小心翼翼地拆开季节的封口,竟"哗"地抖出一片好不撩人的雪景。

　　红红的火塘边,阿妈又在缝补那些舍不得丢掉的陈年旧事,针脚细密宛如春天的雨脚。

　　窗外的远山开始咳嗽。

　　(隐隐听见阿妈喊:崽啊,快来试试,合身不。)

致故乡

致故乡

故乡，我要悄悄揭开你屋脊上单薄的瓦片，把大盆大盆的月色浇在你的鼾声起伏的山峦；我要倾倒月色，给千万个好梦施肥。

故乡，我要把一条条溪流都盘起，藏在曦光微合的睫毛下，在一个露水微凉的早晨，突然丢进你的忧郁的水桶，哗啦啦——好多日子就那样乐开了花。

故乡。让我继续保持谛听和倾诉；让我的笔，成为你躯体上的一根枝条，亦枯亦荣地吐出你深藏的苦涩和甜蜜。

灯光下

灯光，这高挑在精神枝头的花朵，让我爱恋。

灯光下，只要一凝神，我就会看见一个个汉字，星夜兼程地翻过一座座故乡的山冈，穿过一幢幢钢筋水泥的丛林，来到灯光圈出的这片高地，在笔尖分蘖出丛丛青草、阵阵蛙鸣、片片月色……

灯光下，一个又一个汉字挣脱刻板的笔画后，就开始扬花，就踩着一丘丘方格的水田，一溜烟跑进了稻肥水美的农业深处。

故乡呵！多年来，我一直在灯光下用笔管吮吸着你的节气和雨水，侍弄着这样一片精神的庄稼。这片庄稼生长着我灵魂的口粮，我想，我必须守住它；并且奢望有一天，用它替你忍受寒冷和疾病，替你分担集资、摊派和白条。让我被你的害虫噬咬吧！让我在灯光下的这片高地上，徒手与之展开一生的搏斗。只要你丰腴、温饱、富足，我就

有不尽的灵感、激情和热爱。

一个名叫草莓的女孩

一个名叫草莓的女孩,是我的同乡。

一个明媚的春日,草莓被带到城里一家"迷你发屋"。依依的长辫像一缕羞怯的炊烟,低垂着乡村的忧郁。

才度过短暂的春,草莓便已褪尽青青山色,被这座城市热烈的夏修饰得浓艳欲滴。草莓的青春在昂贵的黑暗中柔柔地铺开,像铺开一片丰盈的土地。

那天,我路过"迷你发屋"。

"嗨——"娇软的嗓音,仿佛一根藤蔓绊住了我的脚步。

是她?! 我的同乡,那个名叫草莓的女孩。

一见是我,草莓惊愕地低下了头。方才张贴画般的灿烂,顷刻被乡音低回的泉流涤除。

哦,静静如吻的红草莓,浓艳欲滴的红草莓哟! 记忆的藤蔓该怎样连接草莓的昨天和今天?

但我知道草莓那多病的父亲,已得到了有效的治疗;我知道草莓失学的弟弟,已重返春光充盈的校园;我还知道草莓的乡村、我的乡村呵! 依旧那么美丽,美丽得令人忧伤。

骑在父亲的肩上回家

天黑了。

在那栋简朴的木屋里,听诊器像一轮满月,从我幼年生活的版图上升起。肝、肺、脾、胃……一座座寒热笼罩的山冈绵延起伏。乡村医生取出体温计:"还好,还好。"他的药箱在墙角闪着枣红色的光芒。

跨出乡村医生的门槛,父亲蹲下来,让我骑在他的肩上。温热的犬吠在四野此起彼伏。

夜色越来越浓。

大块大块的夜色，在村庄的体内淤积。四野静下来。

父亲干咳着，用一根树枝不停地扑打着前面的路。我听见一条条受惊的"田埂"，窸窸窣窣地钻进了黑糊糊的稻田。

迷蒙中，父亲问我："孩子，好些了么？"

我仰起脸，满天的星斗向我蜂拥。父亲呵，那一刻的感觉，我至今也无法说出。

多年以后，一个青年诗人，模仿着青蛙的姿态蹲在一片种满汉字的方格稻田里，看着那个孩子从父亲的肩上跳下来，一点一点地长高，不觉泪流满面。

草与镰刀

没有谁知道，草对镰刀怀有多么深的仇。广大的青草奋勇而起，端起一腔腔绿血泼向刀锋，试图扑灭那一线惨白的寒光。

大片大片的草倒下来，镰刀取得了暂时的胜利。

然而，每到静寂的深夜，我就会听到一阵又一阵猛烈的喊杀声从地平线那边清晰地传送过来——

大地上，风声鹤唳。

一队队踏踏而行的青草抬着一弯残月——这模拟的镰刀的尸体，丢进晨曦的烈焰中噼噼啪啪地焚烧。

草地笔记

1

呼儿嘿哟——
一队青草把一块偌大的蓝天缓缓地抬上坡去。

2

草们挥动着露珠的锤子,叮叮当当地,又一次把春天钉在了南面的山坡。

3

草们一弯腰:风就从草叶上滚落下来,日子就从草叶上滚落下来,我也在草叶上就势一滚,就滚进了葱绿的诗行。

4

蝴蝶和昆虫,在熙熙攘攘的草地上挑选出一件又一件新鲜时装。一展翅,就打开了一棵青草的梦想;再一展翅,草地就快乐得想要飞上天去。

5

草根，原是这样白。

一排排含蓄的草根武装成大地整洁的牙齿，时刻准备着咬熟透的露珠一口。

6

月亮来到青草地。

月亮照亮了青草地。

今夜有两棵草，在简装的大地边缘，索性用月光擦去了脸颊上呢喃的最后一点鹅黄。

7

清晨，母亲出门刈草。

"不要怕！"在寒霜般凛冽的刀锋进逼下，大地把幼小的草根紧紧地偎在怀里。

8

闪开——闪开——

牧童的长鞭甩开满天云霞。那天我刚好路过，便默默地避立一旁，默默地看着牛儿大口大口地吞下了一块又一块肥嫩的草地，默默地看着草们穿行在春天短暂的爱情里，来不及叫喊，就一棵接一棵地失足掉进了牛儿黑夜一样深不可测的胃里。

西部练习曲

青海的蓝天下

一匹靛蓝的绸缎在头顶呼啦啦展开。

青海的蓝天下,昆仑和唐古拉像两位沧桑的牧民,不倦地挥舞着黄河和长江这两条辽阔的长鞭。

一个又一个"咩咩"叫唤着的村庄和地名被成群结队地赶下高原,趴在沾满露水的《中国地图》上吃草、生息——

白杨树

从兰州到西宁,109 国道两旁,散落着一片片颀长秀挺的白杨树。

哦,在深秋的高原,我看见那一群群粘在树枝上,像蝴蝶一样欲飞欲舞的白杨树叶,仿佛亮丽过生命之光的灯盏,被西风一盏一盏地吹灭。

而那些树们,却在脱却了繁茂的春和热烈的夏之后,暗暗憋足了劲,把长天整个地又顶高了一寸。

荒原之夜

牛粪火在暮色中低低地闪动。

冷风里,有人将荒原上的小路一根根折断,塞进炉膛里,温暖起这样一个浪游之夜。

一碗热热的酥油茶和一条肥美的羊后腿,驱走了旅途的疲惫和饥饿;而远行的孤独却像一根难啃的羊骨头,依然真实而沉重地握在手里、横在心头。

在孤独里盛产黄金

宁夏的天

在宁夏,天空中存积着从古到今的蓝,旷远、辽阔、深厚,让人每仰望一次,就感觉脚下的大地又下沉了一寸。

这蓝,一定是有一种无形的力量,从大地上点点滴滴地抠出来的。成千上万吨的蓝被连根拔起,用一整座天空来滋养和回忆,使色彩成为当代的隐秘,不向人间泄露一点一滴。

贺兰山口。

贺兰山一定是很老了。

自从岳家军的铁蹄从南宋的那一页被惊起,踢掉了贺兰山的几颗门牙后,贺兰山就成了一位嘴里关不住风的老人,尤其关不住塞外的风。

一匹匹风在贺兰山口集结着——

看长城越来越远了,看黄河越来越黄了,踏进黄河越来越洗不清了,何不还历史一个清白、还人间一片安宁?!

一匹匹风打着响鼻,弓出岁月的脊背,蹭着贺兰山绵延的群峰。

月之随想

车过内蒙古,一轮明月垂在朗朗夜空。

与柔情似水、飘忽如梦的家乡月相比,这里的月亮又冷又硬,我甚至怀疑它会在突然间就化作一把弯刀,野性的寒光里凝结着马背上的民族那剽悍的血液。

与浩渺的广宇和连天的荒漠相比,今夜的月亮却又显得如此的孤独,没有众星伴月,没有彩云牵衣,恰如我今夜的孤旅。我觉得月亮其实更像一位在天空中漫步的思想者,在孤独里盛产着成吨的黄金。

我知道,孤独不等于孤立,孤独一定有着广阔而深厚的现实背景和心灵背景。

油菜花

九月,在青海,大片大片的油菜花,将一个来自浙江的养蜂人内心的喜悦一畦一畦地铺展开去——

金黄的油菜花,甜蜜的杯盏,盈盈地端起在高原的枝头,让十万只蜜蜂迷失了故乡,让十万只蜜蜂小小的胃脏撑得比天空还大,让一个人背井离乡的孤独成为美妙动人的传说。

小心啊!养蜂人,这么多的油菜花,喝醉了阳光的酒的油菜花,小心她们迷人的微笑,一开口就会轻易说出你昨夜的梦呓。

此刻,我真想化作一只蜜蜂,"扑通"跳进一朵油菜花里,一个猛子就扎入到生活中最美好的那一部分。

第六辑　每一滴水珠都是一个天堂

每一滴水珠都是一个天堂
假如它突然奔跑起来
我听见野山羊在嘶鸣
花园角,五溪苗疆的山水后院

每一滴水珠都是一个天堂

原本湍急的一条河,转过前面的山咀后,就变得柔软了;习习的涟漪像一匹缎子,一波一波地漾,就漾出了这片僻静的河湾,以及贴着河湾的一大片葳蕤的草滩。

河的一面是峭崖,挡着水流。峭崖顶上,是一块平展展的天,盖着山湾。高出河面两丈来高的岩壁上,倒生着一排葱茏的细叶树。树根遒劲突兀,紧紧攫住山崖;树身则蓄积起全部枝叶,斜斜地泼向水面。响晴的日子,阳光从密密的叶缝间漏下来,水面上亮起了茬茬小花小朵,一盏一盏,如灯的璀璨。河的另一面是草滩,放浪的一大片,因了河水的滋养,显出不同一般的葱郁和水灵。草丛里,间杂有光滑的磐石,隐在汹涌的绿浪中,显得有些不知所措。常有些彩翎鸟,踩在磐石上,一蹦一蹦,且开屏、且啄羽,一忽又旋上草尖,望着河水流逝的方向默然出神。

这片河湾名叫洄龙湾,地处雪峰山腹地,人迹罕至。河水清冽冷艳,河湾水草丰茂。这样的一个地方,寂静仿佛与生俱来,且比草木更为旺盛。河水虽日日响着,可河水并不知道,它这样一响,这里反而更加寂静了,有如不食人间烟火的天堂一般。唯有粘着草滩的那条土马路,以及前面坡地上的一栋木屋,还在显示着,这里并非一个与世隔绝的地方。

寂静的天地间,忽然动了起来。就在有人家的那面坡地上,一个小点,一个晃动的小点,一点点地,晃动着,越晃越近。

却原来,是一个少年,十二三岁的样子,精瘦,皮肤黑黑的,让人觉悟到:山里的阳光原来也这般毒辣!

少年敞着肋骨毕现的胸膛,气喘吁吁地朝河湾走来。

少年到河湾来做什么?这水,这草,这磐石,谁也不能与他说话呀!

161

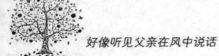

这便有些意味了——少年心性，原本是闹动的，偏来了这僻静的去处，且不去想这僻静的一切，与他有什么关系？那么自信地走来，像走进他和爷爷居住的木屋。

少年终于走到了河湾，只见他迅速甩掉衣裤，"扑通"—— 一个猛子就扎进了清凉的河水里。少年总是有些粗心的，他不会去看这河湾，今天与昨天有什么不同，昨天与前天又有什么区别。他面对这片日日亲近的河湾，就像面对自己身上的肋骨一样，熟视无睹，却又无时不感到它的存在。

宁静的水面裂开了一道窟窿，待少年钻进去后，又弥合了。天地间恢复了先前的宁静。

不一会儿，水面上咕噜咕噜冒泡。咕噜咕噜地冒了一阵后，"噗"地喷出少年一截光溜溜的身子。接着，他不断地变换着姿势，在水里腾来跃去，活脱脱地，像一条泥鳅。

这个暑假，真真太热了些，少年坐在家里都冒汗。征得爷爷许可后，他每日午后都要来河湾游泳。每次出门时，爷爷少不了叮嘱：不要游得太久，免得发泥鳅痧。"泥鳅痧"是本地土话，就是类似于中暑样的病症，来势迅猛，好端端一个人，眨眼就乌了，发热，说胡话。少年曾得过一次。亏得爷爷配了石灰水给他喝，又找来银篦子全身刮痧，又用热鸡蛋敷额头排毒，方才好了。少年是没有记性的，病好了忌讳也忘了，照旧到河里放肆游泳，把爷爷的话全当了耳边风。

少年性子拗，爷爷拿他也没办法。爷爷心里，对少年是又怜又爱的。这都是因为少年的父母不在身边的缘故。少年三岁那年，父母耐不住山里的寂寞，双双去了广东打工。奶奶过世早，山里又没有幼儿园，屁大的少年只好屁颠屁颠地，日日跟着爷爷，上山爬树，下河摸鱼。于是，少年很小便识得了山性和水性。特别是水性！刚开始，爷爷教他狗刨式。呛了不少水后，长了悟性，浮游、仰游、蛙游、踩水，样样都精了。爷爷见少年如此长进，且爷爷也有自己的事情：种辣椒，种玉米，种红薯等等，便放心地由着他了。少年遂了心性，益发地快乐和沉迷。只要不上学，便在河湾里耍。除了游泳，少年还在草滩上玩布虫、蚱蜢和蛐蛐，折了茅草秆扎手枪，且将手枪插在腰间，威风凛凛地在草滩上走来走去。日子长了，少年不觉恋上了这片河湾。恋到什么程度呢？比如，远在广东打工的父母偶尔回来，搂着少年又亲又热，少年却冷冷的。在他心里，父母远不如河湾亲热，远不如河湾里的布虫和蛐蛐亲热。大山的孤独与寂寞并没有烙进少年的心灵，他在河湾里找到了与他相投的一切。因而，他是快乐的！

少年游得有些累了，便慢慢地靠向草滩。浅水处，一群花翅鱼在颠颠地嬉戏，听到响动，便打着旋儿，悠然地往深水里去了。

少年站起来，走上草滩，却不急于穿衣，而是忽左忽右地偏着头跳动，这样可以将灌进耳朵里的水抖干净。而后，他走进浅水里，从水里选出一把扁圆的卵石，侧身打水漂。一线漂亮的水花"哧哧哧"地开向悬崖边。平展的水面受到了阻碍，折出几线波纹，流出了好远方才扯平。也有几个石子，刚到河中心就兀地栽进深水里，无声无息。这时，少年就要"哎呀"地叹一声，捡起石子再打。

然而，少年今日在河湾里流连，不急于回家，却并非出于贪玩，而是有心事。他在想，昨天，就是昨天，在广东打工的父亲突然回来了。父亲这次回来，一改昔日的邋遢样，头发梳得光油油的，精神异常焕发。父亲与爷爷在门前嘀咕了很久，然后又匆匆地走了。父亲的匆匆来去，使少年预感到会有什么事情要发生，而且，从父亲边跟爷爷说话边用眼光瞟少年的神态来看，这件事情与他有关。但爷爷不说，少年也不问。更为奇怪的是，整整一个晚上，爷爷往夜如雷的鼾声像灯一样地熄灭了。究竟会发生什么事情呢？少年怎么也想不清。

夏日的草滩，满目都是旺盛的青草。这里的青草不是那种低伏在地面的青草，而是大丛大丛地，簇拥着生长的那种。这儿一丛，那儿一丛，整个河滩都葳蕤水灵起来。草叶肥阔，叶缘锋利，稍不留神碰一下，皮肤上就会留下一道浅浅的伤口；草秆粗壮挺拔，撑起满头草叶；草根却白白嫩嫩，挖出来，在河水里洗净，放进嘴里嚼，味道沁甜，若是煎了水喝，还可以治感冒。早些年山里人养牛，这片草滩是牛儿的公共食堂。牛儿们昂着头，伸出热乎乎的舌头去卷嚼那些肥嫩的草叶；放牛娃则在草丛里捉迷藏，在河里凫水比赛，看谁凫得久。草滩上交织着几多快乐。如今，山里的青壮男女都外出打工了，剩下些老人小孩留守山里,田又有人带了机具来包种,养牛便成了累赘,渐渐地没人养了。这片草滩于是寂寥下来。寂寥里,青草愈发热烈奔放,与峭崖,与流水,与坡上那栋孤独的木屋,与日日厮守的少年,与山中岁月,浑然得密不可分。

"桃子打花呃——桃花哟——那个红嘞,

桃花树上呃——那个挂灯笼嘞——"

坡地上,传来了爷爷不紧不慢的山歌调。

少年知道,这会儿,爷爷又在用竹篾编织簸箕了。轻轻巧巧的簸箕,用来筛米糠,除去秕子和灰尘,是农家不可缺少的用具。簸箕编到十个八个后,就要挑到乡场上去卖。爷爷编的簸箕,扎实精致,乡亲们都喜欢买。于是,人们干脆送爷爷一个外号,叫"老簸箕"。大人叫,小孩也跟着叫。爷爷非但不烦恼,反而嬉笑着与大人小孩们打趣,俨然一个老顽童。少年跟随爷爷去卖过一次簸箕,听到自己尊敬的爷爷被人如此戏称,心里不乐意,气鼓鼓地,下次再也不去了。但爷爷每次买回来的棒棒糖,少年却是喜欢的。

爷爷边编簸箕边唱山歌,是多年的老习惯了。歌词应当还有下文,可爷爷翻来覆去的,就只唱这两句。个中缘由,只有少年清楚。起先,少年爱听爷爷唱山歌。爷爷唱了两句后,故意停着不往下唱。少年猴急了,"挂了灯笼以后呢?"少年扳着爷爷的膝盖催,仰起的小脸,写满了稚气与可爱。少年的如此模样让爷爷满足了,遂高声唱起下面的歌词:"灯笼里面插蜡烛呃——照得灯笼呃亮彤彤!"亮彤彤的灯笼是过年时才有的光景,少年心里起了无限向往。后来,少年知道了爷爷的故意,便也故意起来,不接爷爷的茬了。爷爷唱着唱着,没人来理会,翻来覆去的,竟忘记了下面的词。

山里的天,娃娃的脸,说变就变。刚才还是蓝缎子般莹莹的天空,不知被谁挪进一块黑绵绵的云团,就放在靠山尖的那一角天上,悄悄地孵起湿湿的雨意……伞状的阳光慢慢收拢,天黑了下来。

少年恍然感觉到天光的变化。

要下雨了——他自言自语。

要下雨了——凉风将刚才的燥热蓦地揭走,少年的鼻腔里爬满了湿湿的润润的感觉。

要下雨了——少年跑起来,却不是往家的方向跑,而是跑向山咀那边的一棵芭蕉树,在一片阔大的芭蕉叶下躲起来。少年是灵性的,他感觉到,这场雨来势迅猛,还没等他跑回家,就会变成落汤鸡。

很快,少年听到了雨点砸在芭蕉叶上的声音——

啪——啪——啪啪啪——先是稀稀的几滴,稍后就密集起来。节奏短促、明快的雨点在芭蕉叶上弹奏起纯正的山村音乐。

雨雾渺渺茫茫,笼罩了河湾里的一切。

真是一场疾雨啊!少年看着那些雨点,从芭蕉叶的边缘成群结队地滑落下来,滚进河水里,瞬间就消失了。

渺渺茫茫的雨雾中,传来了爷爷的呼喊声。少年听得真切,尖起嗓子应了。爷爷听到少年答应,便放下心来,不再言语。少年知道,这会儿,爷爷肯定披着蓑衣、戴着斗篷、搭起木楼梯爬上瓦背,去收取那几盆新晒的辣椒。少年知道,那些辣椒是爷爷的心肝宝贝。辣椒晒干后拌着黄豆子,用香油爆炒,香喷喷的,很好吃。少年爱吃,父母也爱吃。父母每次回家,爷爷都要给他们装一大袋。少年似乎看到爷爷正在费力地往上爬……爷爷那么大岁数了!少年隐隐地担着心。爷孙俩在这漫天雨雾里相互牵着挂着,两边都在怨:这该死的雨啊!

不知不觉雨又停了。阳光从乌云里探出头,伸出千万缕金光将雨的大幕霎然收拢。草滩上,一洼洼水窝溢满了亮花花的阳光;河面上,一片片水波驮载着草香香的阳光;草叶上,一滴滴水珠积攒起蜜汪汪的阳光——清新、跳荡的阳光,真好啊!少年从芭蕉叶下走出来,伸伸懒腰,走进雨后明晃晃的阳光中。

这时,少年的身上却来了倦意,因为游泳实在是很费力气的,再加上先前的闷热。少年摘了一片芭蕉叶,在草丛里的一块磐石上躺下来。长长的芭蕉叶,盖住了少年的身子。雨后的空气清新凉爽,少年很快就迷糊了。

好像有什么东西亮亮地扎眼——凭感觉,少年知道可能是草叶上的那些雨珠。少年想睁开眼睛看,却怎么也睁不开,瞌睡虫顽强地站在睫毛上,将眼睛的大门把得严严的,丝毫也不准打开。

风踩着阳光的肩膀在山谷里溜来溜去;草滩上响起了蛐蛐一长一

短的叫声;间或一片白云飘过来,靠着山崖歇歇脚后,又飘过去了,像有一只无形的手,随意地把山里的日子,一页一页地翻动着。

眼前豁然亮堂起来! 少年惊异地挣起身。他看见左边的一片草叶上,一滴水珠,一滴圆圆的小水珠开始幻变,好像在长高,好像是,高高地站起来了。他看见这滴慢慢长高的水珠,慢慢地,变成了一位小姑娘,从草叶上跳下来。小姑娘像水珠一样清澈透亮,明眸皓齿,展颜一笑,便有微风拂面,令人神清气爽。

少年从未见过这么漂亮的小姑娘,他伸出手,想与她相握。

小姑娘眼上皱起一道漂亮的眉,"对不起,我不能与你握手;也就是说,我不能与人握手,一握手,人的温度就会将我溶化。请你原谅!"

少年大为惊讶,"难道,你不是人吗?"

小姑娘笑了,"我只有人的形体,没有人的体温。"

少年越发好奇,"那,你的家在哪里呢?"

小姑娘说:"我的家在天堂,刚才那场雨把我带到了人间。你们这里太美丽了,我不想回去了,就在这里跟你一起玩,好吗?"

"好啊好啊!"少年大喜。

"玩什么呢?"少年有点性急。

小姑娘说:"在草叶上跳舞,好吗?"

少年为难了,"这么轻的草叶,我、我恐怕不能站上去。况且,我也不会跳舞呀。"

小姑娘又笑了。"没关系,就让我跳给你看吧。我是没有重量的,就像风儿一样。"

说完,小姑娘跳上草叶,双手一抖,就抖出两条长袖,两脚一蹬,就蹬出一条长裙。然后,她踮起脚尖,翩翩起舞,从一片草叶跳到另一片草叶。她的舞姿轻盈婀娜,如行云流水般酣畅自如。她边跳边唱着曼妙的歌儿:

我家住在玲珑的水珠里,
那里有清亮的鸟语和花香;
美丽的人间令我陶醉,

我在这里翩翩起舞、心花怒放……

歌声柔和、圆润、轻快而且悠扬,伴随着小姑娘优美的舞步,在草叶上,在河湾里回旋、飘荡。

我家住在晶莹的水珠里,
那里有快乐的清风和阳光;
每一滴晶莹的水珠,
都是一个人间的天堂……

少年被小姑娘的舞姿和歌声深深地迷住了,他目不转睛地盯着她,大气不敢出,生怕惊扰了眼前这难逢的美妙。

忽然,歌声戛然而止!小姑娘急急地刹住脚步,刚才还一派烂漫的小脸勃然变色。只见她匆匆收回长袖和长裙,迅速变小、变小……直到小成了一滴小小的水珠,然后躺在草叶上,一动不动了。

"哎哎哎……"少年急得直喊,却喉头发堵,喊不出声来;想起身,却感到全身无力。

"哎哎哎……"少年醒了。朦胧的光线里,现出爷爷和父亲的身影。

"你们怎么来了?"少年揉着眼睛,他还沉浸在刚才的幻梦里,左顾右盼。遗憾的是,一切已踪影全无。

很快,少年又惊异了!他看见草滩旁边的土马路上,停着好几台漂亮的小车。一群穿红着绿的男女,正站在草滩上指指点点。

这是些什么人呢?他(她)们到这里来干什么呢?少年想。

爷爷见少年疑惑的样子,便将事情的原委告诉了他。原来,县里为了开发山区水利资源,制定了招商引资的奖励措施,吸引外地老板来山区投资。少年的父亲闻讯后,极力说服他打工的那家公司的老板,到泂龙湾来投资修建水电站。老板一来,就被这里的山水迷住了,当即与县里签订了投资协议。今天他们来,就是要在这片河湾里做规划,修建拦河大坝的。到时候,这里的一切,都将淹没在一片汪洋之中,不复存在。而少年的父亲将会得到一笔不薄的奖金,少年和爷爷居住的木屋,

也将搬迁到山外去。

"不！不可以！"少年弄明原委后，疯一般地朝那帮人冲过去。

父亲一把扯住少年，死死地抱住他，并且腆着脸对一位戴眼镜的中年人说："张总，您别介意，这孩子病了，发痧，说胡话呢。"

僻静的河湾从此闹腾起来，亘古以来的幽雅恬静，很快被挖掘机、铲车、推土机等建设机具的喧闹声所替代；粘着草滩的土马路上，很快有运输车辆穿梭来往，晴天扬起漫天黄尘，雨天坑洼着遍地烂泥。因为要挖捞坝基，原本宽敞的河面被围截成狭窄的两半，河水于是显出惊慌的样子，流得异常急遽了。

很快到了秋天。父亲为少年办好了转学手续，到县城一所十分漂亮的学校去上学。开学后第一堂作文课，老师布置的题目叫"我的家乡"。少年提起笔，凝思片刻，就在作文纸上刷刷地写道：

"我的家乡在洄龙湾，那是一个美丽的地方！夏天的阵雨过后，绿绿的草叶上，每一滴水珠都是一个天堂。……"

假如它突然奔跑起来

1

因为参与拍摄电影《炎帝传奇》，作家 L 君曾有过三次机缘得以亲近这座位于湘西南绥宁县境内、主峰海拔高达 1913 米、被电影界人士誉为"胜似锡林格勒"的高山草场。

——草色绵延的漫坡、明代摩崖、滴泉、石碗、花牛以及清凉的阳光、散发着生生草香的空气——每次跟我说起，他那有过两次脑血管疾病创痕的躯体竟然生动起来，仿佛那青翠欲滴的草色就在他的心头蔓延，而散落四野的牛羊就像他饲养了多年的名词、动词和形容词一样，又在他的心头大口大口地吃草了。

2

牛坡头遥遥的草色招引着我。在搁浅了几次青草之约后，牛坡头之旅终于成行。天蒙蒙亮，我们一行五人便挤上了一辆微型面包车。

公路顺着巫水河逆流而上。

等到油路变成了机耕路，便时而可见青石迭铺的湘黔古道在路旁的丛林里隐现，如同一截截被时光的马匹挣断了的缰绳，废弃在山林里，再也拴不住那一声声激情的嘶鸣了。

不断升高的海拔将我们一步步地带入云端。

3

到了。L君说。

等到我们从长途颠簸的昏睡中振作起来时,病体初愈的他早已摔开车门,头也不回地踏进了他无数回缅想中的圣地。

当我们爬上山梁,眼前的景象却猝然给予了我们重重的一击!

在这道绵长的山坡上,除了稀稀地衍生着一些枝叶枯黄的矮小的灌木外,全然不见绿的踪影,遍野杂草横陈,腐臭味掺和着牛屎牛尿的腥臊味在空气中传播……

牛坡头,你的面积近六万亩的绿油油的青草呢?你的刻有"天高地厚"字样的明代摩崖呢?你的甘如琼浆的滴泉和承接过千载岁月的石碗呢?不见了!全都不见了!

仿佛,一场巨大的自然变故曾经在这里发生!是火?是霜冻?是泥石流?

4

牛坡头,你像一句美丽的谎言,丰富过我又掠光了我。

我想起了我的童年,许多次骑在父亲的肩上,踏着迷离的夜色去邻村观看一场神往已久的电影。等到我们跌了好几次跤气喘吁吁地终于赶到时,那精彩的故事却早已谢幕!播映员正收拾机具准备离去。我泪汪汪地扯着父亲的衣角,央着他请求放映员再放一次,父亲却板着脸,一言不发地拉着我踏上了归程。

5

牛坡头,你使我在愕然之中惊诧于人与自然竟有如此的遇合,仿佛冥冥之中真的有定数!第三次从牛坡头归来不久,L君便惨遭病魔的袭击,而眼前的牛坡头竟也满目疮痍毫无生气!唯有山上赋闲的牛儿以及散落在山梁上的一块块孤石仍在咀嚼和缅想着曾经的风光。

从一个山头到另一个山头，从一块孤石到另一块孤石，L君仍在苦苦地寻觅着。在哪里呢?在哪里呢?记得应是在这个位置的呀?! 他不停地喃喃自语着。长久的病痛使他语音含混、步履蹒跚，却坚定地行走在艰难的人生中。他不停地复述着他在这里见到的一切，就像一个梦，醒来时便已无影无踪!

6

在山梁左侧陡峭的漫坡上，蓦地闪出几丛嫣红的杜鹃花，这贫瘠里开出的笑脸，烁然照亮了寂静的山梁。我们阴郁了半天的心情也渐渐变得明亮起来。

7

在山顶一块较为平坦的岩石上，我们摊开包里的干粮和水，驱赶着跋涉的疲惫和饥饿。而后，我们静静地坐着，任无遮挡的阳光从头顶流泻至脚边。浩荡天风像一群群野性的小兽，撒开蹄子从我们的前胸到后背不停地往返奔跑着。远处层叠的山峦远得只剩下一根根线条，仿佛是谁随手扔在那儿的，自然地蜿蜒弯折着，风一吹，就益发地远了。

我们尽目力所及，极力辨识着自己生活的那座小城的方位以及各自在彼演绎的人生轨迹，感觉是那样模糊和缥缈。距离使我们与自己产生了距离，使我们有了与日常生活对视的机缘，而高度又使我们以俯视的姿态保持着对生活深深的敬意。我们开始聊起了一个又一个庸俗的话题，仿佛置身其中又仿佛远在其外，感觉美妙而新鲜!

8

一头牛叫了一声。又一头牛叫了一声。

瓦蓝的天空于是把一块蓝绸遮盖得更加阔大了，是害怕这人间的

声音蹦到天外去么?

一个采草药的山民迎面走来,我看见他的背篓里塞满了风雨的根茎。他冲我们微微一笑,不说什么话,但我已感到了他心上的温和与善良。我相信他的微笑也是一剂去病的良方,微笑着,治愈人间的疾病。

9

而那些执拗地屹立在山梁上的孤石,分明是风刀雨剑从荒坡里砍出来的;或者,它们原本就是天上滚落的雷声,还没有被大地完全消化掉;远远地望去,又像是谁不忍离去的背影,执拗地把它们坚忍的品格一块一块地垒进我们的体内。

10

下午 5 点多钟,我们终于把疲惫不堪的躯体挪进了面包车内。司机发动引擎,驱车驶向归途。回头望去,蓦然发现牛坡头真的像一头巨牛,一整座天空骑在它的背上,用夕阳的短笛吹奏出满天丝彩。

我想,假如它"哞哞"地叫唤起来,假如它突然奔跑起来,大地上是没有任何栅栏可以圈住它的。

我听见野山羊在嘶鸣

三月的某个下半夜,一阵奇怪的叫声将我惊醒。

其时我正躺在我们家铺着稻草的木床上做梦。梦里的事醒来就忘了,我那时恰好是不记事的年龄。床的另一头,睡着我爷爷;我醒来时,他正发出细微而匀称的鼾声。

叫声是从我家对面的山坡上传来的。那是一面陡峭的山坡,坡上衍生着大片的灌木林。其实,这面山坡离我家尚有一里地远,中间隔着一大片漾着春光的水田。然而,黑夜收缩了大地,使白天隔着田畦的山峦近得如在眼前,黑糊糊地耸立在窗外。于是,那种怪叫声也就近得如在窗前,随时都有破窗而入的可能。寂静的夜晚一团漆黑,怪叫声高一阵低一阵、一忽儿近一忽儿远地在黑暗中嘶鸣,在我的耳膜上震颤。即使将头深埋进被窝里,我依然无法抵抗它的入侵。

我至今不知道怎样来描述那种声音,大约就像一个人的胸腔里已经翻江倒海了,却被扼住了咽喉,发出的那种沉闷而喑哑的声音。我不知道这是什么东西发出来的,只感到一种巨大的恐惧袭上心头。我不由得挨紧爷爷,试图从他的体温里获取抵御恐惧的力量。我拼命闭着眼睛,强迫自己入睡,在与恐惧的持久战中,终于进入了半睡半醒的状态。

等我从余悸未消的疲倦中醒来,太阳已经伸出白花花的舌头,在舔我家纸糊的木格窗了。怪叫声已无踪无影。我一骨碌爬起床,跑出门张望——阳光下的山坡吐青泛绿、生机盎然,新翻的水田散发出湿腥的泥土味。快要春插了,田埂上往返着匆忙的人们……生活的一切都在既定的轨道上,看不出有什么异常。而此前,但凡村里发生了意外,人们就会凑在一块议论纷纷。难道昨夜那令人毛骨悚然的叫声人们都充耳不闻?难道是我的耳朵出了毛病?我有点疑惑了。

一整天，我在村里转悠，企图找个人印证昨晚的一切。但人们都很忙碌，谁也无心理会满腹心事的我。

但当夜晚来临、万籁俱静之时，怪叫声再度声声入耳，我心中的疑惑彻底消除了，真真切切地感觉到一定有什么不同寻常的事儿发生了。

我拼命摇醒酣睡中的爷爷。爷爷凝神听了一会儿，不以为然地说：不就是那只野山羊在叫嘛，好几年了，有什么大惊小怪的，快睡觉吧。说完倒头又睡了。

原来叫声是一只野山羊发出的。原来这只野山羊的叫声，早就存在于生活中了。怪不得谁也不去理会它。

明白了这一切，我忽然觉得叫声不那么恐惧了。甚至，还感到了它的一点孤独与凄绝。你看，这么静谧的春夜，村庄睡了，大地睡了，树木睡了，花草也睡了……一只野山羊嘶哑的叫声却在执著地回响，那么孤绝，那么沉闷！是想唤醒什么？还是想诉说什么？

一只野山羊就这样进入了我的生命时光，记忆从此有了清晰的刻度。更为重要的是，它让我从童萌中醒来，开始关注环绕在身边的事物了。

怀着对野山羊的好奇，第二天一早，整夜未眠的我就奔坤叔家去了。

坤叔是猎人，对山里动物了如指掌。他家柴屋的木板壁上，常年熏挂着飘香的山鸡、野兔、麂子……去他家做客，常能吃得满口生香。但不知何故，前几年，坤叔忽然歇枪息弹，止步山林了。

来到坤叔家，我将夜半羊叫的听闻说出，征询于他。他凝神片刻，答非所问地说起了一件关于野山羊的故事——

三年前的一个春日，坤叔背着猎枪在山林里转悠。从日出东山到日头偏西，一天的时光很快要过去，却还没有发现猎物，坤叔又累又饿，焦躁不安起来。

就在他烦乱之际，一阵窸窸窣窣的声音忽然钻入耳膜。坤叔毕竟是富有经验的猎人，当即屏息静气，循声寻去——西边的一面斜坡上，一只半大的小山羊正在低头吃草。坤叔按捺着内心的兴奋，迅速取下背上的猎枪——

"嘭——",枪声响起,斜坡上却现出了惊人的一幕——斜刺里,一只大山羊呼地从草丛中跃出,挡住了奔啸而来的弹药。

坤叔被这一幕惊呆了!他怀着莫名的心绪慢慢走近斜坡,看到大山羊已倒在血泊中,小山羊已逃得无影无踪。

霎时,坤叔明白了眼前的一切——大山羊和小山羊是一对情深意笃的母子,因为贪恋春日山坡的嫩草,招致横祸,生死攸关的时刻,母山羊舍命保护了自己的孩子!

面对这对转瞬间生离死别的母子,以及这份被鲜血浸染了的母爱,坤叔震撼了!刚才弥漫心头的兴奋荡然无存,深切的负罪感让他的心情沉重起来。他无心再去追赶小山羊,肩起母山羊就踏上了归程。

走着走着,身后又传来了窸窸窣窣的响声。其时太阳已开始西沉,如血的霞光映红了半边天,夕晖中的山岭赫然显出几分古典的悲壮意味。

坤叔回转头,那只刚刚逃得无影无踪的小山羊竟然尾随而来了。

他下意识地取下猎枪。

看到坤叔取枪,小山羊凄怨地叫了几声,眼眶里盈满了清澈的泪水,却依然不离不逃地站在那儿。

坤叔手一颤,"嘭——"子弹射向了天空。小山羊又逃得无影无踪。

天黑时分,坤叔两手空空地回到家里。

他将母山羊埋在了它的罹难之地。

他将猎枪抛进了深深的山谷。

是夜,一阵阵"咩咩"的羊叫声打破了村庄的宁静,一会儿左一会儿右,一会儿近一会儿远,凄怨哀绝、如织如缕、如泣如诉……

听完坤叔的故事,我似有所悟。我问坤叔,昨晚这只嘶哑的野山羊,是否就是当年那只丧母的小山羊呢?坤叔点头,又摇头,他放目远山,沉默不语。

这似乎是个不争的事实,我完全没有必要再向坤叔刨根究底。几年时间过去,小山羊对母亲的思念与日俱增,哀鸣声彻夜不绝——渐渐地,声音嘶哑了;渐渐地,人们习惯了它的叫声,没有人去理会它了。

人们在它的哀叫声中,照旧做自己的梦,想自己的事情。在人们的潜意识里,自己的生活永远是最重大的,与之相比,一只野山羊的嘶鸣,显得多么微不足道。

从坤叔家出来,我萌生了一个想法:我要去看看那只野山羊,三年了,它一定长得和母亲一般大了,它一定长得十分漂亮了,我甚至想象出它的样子:犄角弯弯的,须毛白白的,眼睛亮亮的,在青草的山坡,漫步或奔跑……然而,三年前那惨烈的一幕始终占据着它的心灵,巨大的悲伤始终笼罩着它……我要告诉它,思念和悲伤不是生活的全部,母亲舍命保护你,是为了让你快乐地成长着,快乐地生活着;我要告诉它,有许多快乐是可以重来的。

一连几天,我都没能找到那只野山羊;甚至,连母山羊的坟墓也没有找到。我在坤叔打猎的地方和野山羊夜里嘶鸣的地方细细地搜寻,结果是令人失望的。春日的山岭,草木葳蕤、翠碧汹涌、拍地惊天。孤独的野山羊啊,你究竟在哪里?我要怎样才能找到你,并向你说起我心目中那些快乐的事情。

而当夜幕降临,野山羊却总是不请自来了。它的嘶鸣凄绝而高悬,在村庄的上空游移。它仍旧向人们诉说着那件伤心的往事,它仍旧固执地用这种方式告诉人们它的思念和悲伤。

有时候,我会从床上披衣而起,走出门聆听野山羊的嘶鸣。我不明白,白天悄无声息的它,为何夜里声音会变得如此强大?!我愚蠢地亮开手电,将光柱射向那面传来阵阵嘶鸣的山坡……

我照见了什么?我什么也没有照见!

夜幕重重,包藏着天地间的无数秘密,岂是一缕虚弱的手电光可以照见?

我始终没有找到那只野山羊。我始终没有放弃寻找……

时光荏苒,当我也像村里人那样,对野山羊的嘶鸣置若罔闻时,我开始成年了。一只野山羊不再独占我的心灵,空阔的胸腔已涌进了许许多多,它们缠扯着我、诱惑着我……我离开了村庄,来到了山外的一处缱绻之乡,夜夜聆听到的,是城市的车水马龙声,再也听不到野山羊的嘶鸣了。

当然,在喧闹的市井声中,我仍然会时不时地想起那只野山羊,那只贯穿了我全部少年时光的野山羊。我总是在心里企望:一定要找个时间,回去再好好找一找它,看看时光流逝中它的模样;或许,它也一直躲在时光的背面等着我,看我能不能找到它,看我有没有足够的诚意来寻找它。这里边,是否包藏着一个前世的约定呢?而每当老家来人时,我总会迫不及待地向他们打听野山羊的下落,并试图从他们山地般拙朴的脸庞上,发现野山羊的踪迹。

　　他们说:好像还在叫,夜里总会叫的。

　　他们说:叫声没那么响了,怕是老了吧。

　　他们说:什么野山羊?村里修高速公路了,就从你家对面的山坡上过,坡上的树木都砍了,光秃秃一大片,那只野山羊早已不知去向!

　　我坐不住了。今年五一节,我回了老家。

　　果然如他们所说,村里修高速公路了,迅猛的现代文明逢山开路、遇水架桥、势不可挡!我家对面的山坡上,树木都砍了,黄土挖得一片狼藉,原本宁静的山村骤然闹腾起来。再过两三年,这里将日夜奔淌着不息的车流,速度的迅捷将使人们驻足大地的时间越来越少。

　　我们的生活,真的需要那么快的速度么?

　　那么快的速度,将会把我们带到哪里去?

　　村里人告诉我,由于修高速公路,一些人家的田土被征用,房子或祖坟要搬迁,政府给予了很高的赔偿呢,没涉及的村民都羡慕死了。

　　听罢村里人的话,我想,野山羊曾经嘶鸣的地方,以及当年坤叔埋葬母山羊的地方,也是高速公路的必经之地,谁来尊重一只野山羊的生命,给予它搬迁和赔偿呢?!那只母山羊更是做梦也不会想到,当年它护犊身亡受到坤叔的厚葬,如今只怕要抛尸荒野了!

　　我再也找不到那只野山羊了,我再也听不到一只野山羊的嘶鸣了,我再也无法告诉它我心底里那些快乐的事情了。

　　我的野山羊! 我的故乡!

花园角,五溪苗疆的山水后院

去花园角途中,有人讲了个故事:

古时候有个牧童,某日放牛发现一位少女在对面坡上梳头。霞光缭绕中,少女倩影婀娜、秀发如锦、飘忽如梦⋯⋯牧童被这美妙的景致吸引了,日日沉迷其中。倏忽一日梦醒,心里起了疑惑,牧童便稚气十足地喊那少女:"满姑姑,满姑姑,为何只见你梳头,不见你嫁夫?"少女被牧童的唐突噎住了,迟疑半晌,才略带幽怨地答道:"媒婆未曾登门,丈夫未曾出生!"说完就格格格格地笑起来,清脆的笑声在天地间回荡,牧童又如梦如幻了。等他清醒过来,少女已不见踪影,只觉眼前的山峰变得分外迷人起来,仿佛都是少女梳头的姿影,又仿佛都不是。

故事的发生地就在花园角。

花园角是一个位于湘西南巫水中游的古老苗村,在行政区划上属于湖南省绥宁县关峡苗族乡辖境。

巫水又名雄溪,秦汉时与湘西的酉水、辰水、溆水、舞水并称"五溪",均为沅江上游的一级支流。

来花园角之前,我曾搜集史乘方志,对五溪疆域做了一番考究。

五溪古属荆州,春秋属楚,战国属楚之黔中郡,汉属武陵郡,三国以后称武陵地域为五溪地区。这里自古为南方少数民族的重要聚集地,有苗、侗、瑶等 30 多个少数民族,其中苗族居多,故而又称为"古苗疆"。苗族相传为上古战神蚩尤的后裔。这一点可就证于 20 世纪末,作为一个民族的心灵记忆而灿然出世的《苗族古歌》,其中详细记述了苗族古代迁徙的历史以及建庙祭祀祖先蚩尤的情况。上古时期,蚩尤率九黎族部落多次挫败炎帝,威震华夏。炎帝遂与黄帝联手,共对蚩尤。大约 4600 年前, 黄帝与蚩尤在今河北省涿鹿县矾山一带展开了殊死决战。这场事关谁主中原的大战昏天黑地、旷日持久,最后以黄帝的险胜而告终。蚩尤战败后，其九黎部族一部分归附炎黄；一部分南迁，与南方土著聚族成三苗。三苗也曾与以尧、舜、禹为领袖的北方部落进行过多年争战，后逐渐衰微。其后裔的一支退居洞庭以西，而后又溯沅江而上，最后在五溪地区安定下来，结庐而居，生息繁衍，成为五溪苗疆的远祖先民。

人言读史可以明智，而我却愈加迷惑——在如此苍茫厚重的底色上，花园角何以一枝独秀，名重苗疆？

一路风尘，我们终于踏进了故事里的花园角。

花园角西靠八十里大南山余脉的马鞍山，南、东、北三面紧抵巫水。环拥着巫水外围的，是数座莲花状的小山包，摩肩比踵、层叠而上。细一看，美女梳头的倩影果然凿凿切切、清晰可寻。从三面环水的格局来看，花园角像极了一块水包莲花座子。入村必渡巫水。旱路唯马鞍山南面有一青石小径，且隘口处耸有一扇窄窄的大岩门，人过尚须仄身，车马辎重自不待言，因而人迹罕至。

这里山势极为柔和，水声尤其温绵。四月芳菲，尽染层林。红的是杜鹃，如霞似火；白的是山茶，肤清骨洁；黄的是连翘、木香，如雾如梦；紫的是泡桐、丁香，如诗如画；桃红李白，柳绿枇黄……据村里人介绍，这里一年四季花事缤纷，就像一座飘霞溢彩的大花园。

在所有花事里，最抢人眼球的无疑是那山塘水库里漫开烂放的水莲花。花色有红有白，朵朵妖娆；叶簇花拥，衬天映日；风来则曼舞轻飏，雨过则娉婷俏立。可谓莲花有梦，于斯为盛。

花园角人却不以水莲为盛，他们念念不忘的乃是火莲。

上世纪 50 年代的一个苦夏，旱魃在苗疆肆虐。某夜，一李姓村民因暑热煎熬，辗转难寐，遂披衣出户，欲往山塘洗个痛快澡。行至半路，对面一道叫大坪上的山梁上，一团红光引起了他的注意。他吓了一跳，以为是山火，仔细一看又不像。红光亮彤彤的，只有脸盆大，且并不扩散，只灼灼地闪耀，周围的树叶都清晰能辨。李姓村民一动不动地盯着那团光。仔细地看下去，他发现那团红光越来越璀璨，越来越亮堂，后来竟闪耀成一朵硕大的莲花了。他猛然想起祖祖辈辈口口相传的火莲传说，张口大喊："火莲——火莲——快来看火莲哪——"令人诧异的

179

是,等人们从睡梦中惊起,纷纷跑来观看时,那团红光却倏忽消遁了。人们只好打道回府。刚进家门,外面忽然电闪雷鸣,瓢泼大雨顷刻降临,肆虐的旱魃顿时抱头鼠窜。火莲花开旱象除。人们喜出望外,奔走相告。

后来在70年代,花园角又有村民偶遇火莲,也是久旱逢甘霖之前。火莲兆吉瑞福,庇佑黎民。在花园角,人们无不将火莲引为奇闻快事,无不为拥居花园角这样一块莲花宝地而庆幸。

关于火莲频现的大坪上山梁,还流传着一个更为玄秘的故事。

应该是很多年前,禾苗拔节、薅除田草的季节。某日,村里一后生去薅田。他的田位于大坪上山梁脚,叫黑泥田,泥巴全是黑的,而且无论怎样干旱,这丘田永远都有滋滋泉源汇出。后生薅至田中,脚底忽感异样——他踩来探去,蓦然醒悟异物竟是一副棺材!按照苗疆的观念,此地必为风水宝地!后生暗喜,家中老父已近耄耋,且屡患病恙,不定哪日归天,此地真乃天赐。他看看日头,已近午时,便想干脆回家吃饭,然后扶老父来看一下。为防错位,后生将薅田棍插在棺材的位置,作为标记。当后生吃过午饭,扶着老父蹒跚来到时,眼前景象已大变——偌大的黑泥田里,前、后、左、右……呼啦啦竖满了薅田棍,原先的位置再也无处寻觅。

黑泥田神话在苗疆风传。土豪乡绅、达官贵人们闻讯,从四面八方纷至沓来。他们在此观山、观水、观龙脉……最后认定花园角钟灵毓秀,是块罕见的风水宝地!据传,某著名地理先生踏勘完毕,晃脑捻须、意兴盎然地吟出一句"谁人葬至花园角,乌纱当作田螺壳"。此言一出,求葬之人不绝如缕。花园角人竟也毫不吝啬,不仅慷慨让出本地最好的龙脉,而且为留守丁忧的男女割地划田,供其谋取稻粱、躬耕度日。

花园角由此声名远播。

苗族算得上是一个苦难深重的民族。这一点可追溯到中华文明的起点,与炎黄二帝并称"中华三祖"的蚩尤。我的感觉里,蚩尤这个名字,就像一轮雄浑的落日,早已定格在中华文明的地平线上。但这轮落日浓缩了太多悲壮,即使其后裔退入到南方的莽莽群山之中,仍然摆脱不了苍凉的底色。

自汉唐以降，历代封建王朝都加紧了对南方少数民族的辖制，且有不从，即舞刀逞枪，兵犯五溪。为保疆争土，反抗压迫，以苗族为主体的五溪少数民族不得不屡举义旗。仅以巫水流域为例，自汉唐至明清，这样的争战就爆发过30多次。中原统治者采取或羁縻、或征剿、或宣抚、或招讨等种种手段，花样迭出，机关算尽，致使幽寂的大山深处刀枪如林、箭矢如雨、杀声震天……

就在五溪苗疆剥皮为鼓、执角为号的烽烟岁月里，前有巫水做抵挡、后有马鞍山为屏障的花园角却春和景明、波澜不兴，仿佛一座静谧的山水后院、一处芳菲的历史别园。这里上演的是一幅幅牛哞人欢的耕作场景，编织的是一匹匹俏丽如画的细雨和风……地域的偏仄、交通的阻障不仅使花园角幸免纳入兵家视野而成为古战场，更为幸运的是，灿烂的古文明因此得到舒展和释放，使得这里的一波一澜、一花一草、一树一木、一石一泥、一丘一壑……到处都沐浴着农耕文化的雨露阳光。

沃土总是在水一方。水土的交媾不仅能滋养出美丽的风景，而且会分娩出醉人的文明。花园角一山如屏、一水如带，横卧中间的，是千亩沃土、匝地丛林，信步可闻鸟语花香，放目但见白鹭翩跹……当年凄凄惶惶不断南迁的苗族先民里，有人偶尔发现了这里，经过一番细致打量，黯淡的眼神大放光彩……僻静幽雅、水草丰茂的花园角是多么难觅的农耕天堂和宜居家园啊！于是不想走了，疲累的脚步需要停顿，疲累的灵魂也需要栖息，不想走就不走了，就有人在这里安顿下来了。

对于在战乱频仍里逃生的迁徙者而言，背井离乡的苦痛在心灵的刻痕固然深入，但他们十分清楚，摆脱饥饿与生存下去乃是当务之急。苦难催发的创造力也许更为强大，这些神农氏的后裔们，默默地掇拾起祖先发明的耒耜，以他乡为故乡，劈荆斩棘，筚路蓝缕，在萋萋荒野里播下了文明的第一缕霞光。

上苍从不亏待勤劳的人们，它会让你种瓜得瓜、种豆得豆，让你一分耕耘、一分收获。在自然和谐的农耕时代，人类与大地的关系其实也潜存着一丝投桃报李的默契。经过一代代的辛勤耕耘，花园角这块蛮荒之地，竟年年捧出畦畦蛙鸣、遍野稻香，回馈给拓荒者一派丰衣

足食的生活气象。

由于水系丰沛、土地肥沃、耕种得法,花园角从古到今极少荒歉。耸立在巫水河畔的数十架筒车,年年岁岁咿咿呀呀地唱着动听的歌谣,送来了一个又一个水灵灵的阳春。每遇旱魃,不少地方颗粒无收,花园角却照享丰年。为充饥度日,灾民们纷纷来到有如粮仓般的花园角筹借谷米。每逢此时,花园角人总是笑脸相迎、茶饭相待,毫不吝啬地开仓放粮、周济四方。其心切切、其情融融,展现出人性深处最为温暖和洁净的一面。

土肥水必美。当沃土报出亩亩稻粱,潋滟的巫水也从其清波碧浪里,捧出了袅袅渔歌。

花园角傍山依水,为居行方便,人们都临河建房,代有增添。古韵悠悠的窨子屋,顺巫水衍成长龙。巫水一别巫山,奔泻至花园角时,竟变得分外柔情,汤汤水波如绸如缎,引无数游鱼劈波斩浪。每日黄昏,落霞溶江、虾跳鱼跃,人们撑船撒网,热闹非凡。"桃花流水鳜鱼肥",最为壮观的要数每年桃花盛开,众多游鱼攒攒踊踊,翔聚浅滩育卵产籽之季,一网下去,准会曳出活蹦乱跳的遍地鳞光。数量之多,即使篓篓爆满,犹未能尽。人们只好脱衣解裤,装得筒鼓袖胀,方才尽兴而归。由于巫水膏泽丰厚,使得花园角人肌颊红润、口齿生香。

大地无私而慷慨的馈赠,总要远胜于人类之付出。当先民们温饱自足、衣食无忧之后,又一桩喜事接踵而来。人们在垦荒造田的过程中,意外地发现此地竟蕴藏着大量可烧制陶器的膏泥。这对于早已拥有辉煌的陶瓷文明的三苗后裔来说,无异于天赐。人们喜形于色,在荒坡野岭垒土筑窑、制模捣胚……泥淖里发掘出了簇新的文明!随着罐、缸、瓦、盆、碗、筒等陶具的陆续产出,又一轮崭新的气象在花园角萦绕,并随巫水在苗疆弥散。

花园角出产陶器的消息传开后,有精于贸易者由此看到了商机,他们摇桨撑船,顺巫水而下或逆巫水而上,专程登门收购,并许下定金,说定日期再来提货。不久,花园角的陶器就出现在五溪苗疆大大小小的码头和集市。由于陶器很好地满足了人们生活的需要,因而一出现在市面上就被抢购一空。陶贩们只好操桨泛舟,心急火燎地赶往花园角等货。

市场需求拉动了生产的发展，花园角的经济由此获得了井喷式的繁荣。产量不够，就加筑炉窑；仍然不够，再加大炉窑；劳动力不够，就多招人手。丘冈山地间，几十座窑炉错落有致地破土而出。红红的炉膛日夜不息，一摞摞青陶马驮船装。但是不够啊，这些都还不够！客商们络绎不绝地来了，要吃饭，要睡觉，要休闲，怎么办？花园角人的脑子也活络了：建旅馆，开茶楼，办酒肆。反正这里的山水宜居、花草怡情、鱼米养人。有了旅馆、茶楼和酒肆，等货的客商们也就不急不躁了，也如了今天的我等一样，趁闲利暇，与山水对话、进花园掬香、凌巫河踏波……

陶器开启了河运，河运循环了经济。上游的山货也跟着随波逐流、涛汇沅水、浪涌洞庭；下游的海货则逆水行舟、穿州过府、帆入苗疆。古老的河道上，舟楫如梭，帆影如织，桨声欸乃，船歌悠悠……贸易的畅通促进了苗疆内外物质文化的交流融合，而古苗疆在接纳山外风云流霞的同时，也将巫傩文化的因子，深深植入了华夏文明的沃土。

物换星移、沧海桑田，五溪苗疆的烽烟早已散尽，河道上繁忙的舟楫也已消遁，就连"五溪"这个称谓也隐入了时光深处，只在史乘典籍里隐隐洄溯，成为历史的暗河。

20世纪以来，工业文明的勃然兴起，改写了延续千年的农耕文明，也改写了人与自然的高度默契和互为依存的关系。作为大地一母所生的两个娇儿，农业文明和工业文明在向大地母亲索取时，却表现出迥然不同的态度：前者和谐有度、浑然天成；后者贪婪无节，欲壑难填，致使地球资源被过度消耗，污染日益加剧，严重危及人类的生存。究其根源，人性嬗变过程中孳生的物欲难辞其咎。工业文明的规模产出比农业文明的田园牧歌让我们获得了更为缱绻的物质生活，也让我们更快地迷失了自己。科学技术的日新月异，足可使飞船上天、潜艇人海，如今人类已真正"可上九天揽月，可下五洋捉鳖"了。可当人类对苍茫大地、浩瀚宇宙的认知越来越深入时，为何竟越来越不认识自己了？

我们在花园角这座古朴的山水后院里流连；我们在花园角丰厚而

完整的民族文化生态面前沉思——那古井旁依稀的碑文、窨子屋前苔封的青石板、枫林的传说、久远的筒车、沧桑的大岩门、风情的苗歌、戏水的野鸭、翩飞的白鹭、沁甜的万花茶、迷人的巫傩风情、苗民们极富人情美的笑容……这里一切的一切，无不在向我们展览着源头的故事，无不透散着至情至性的美好。或许只有在这样的寂寞边地，我们才能重新拾起一种叫"根"的东西，去思索一些遗落已久的生存命题。